LOCUS

LOCUS

LOCUS

LOCUS

喬鹿作品

食譜、小說、遊記……

喬鹿作品 03 巴黎小販，達卡旅人
作者：喬鹿（Louis Jonval）
責任編輯：葉亭君
美術編輯：Lupo
法律顧問：全理法律事務所董安丹律師
出版者：大塊文化出版股份有限公司
台北市105南京東路四段25號11樓
www.locuspublishing.com

讀者服務專線：0800-006689
TEL：(02) 87123898　FAX：(02) 87123897
郵撥帳號：18955675　戶名：大塊文化出版股份有限公司

總經銷：大和書報圖書股份有限公司
地址：台北縣三重市大智路139號
TEL：(02) 29818089 (代表號)
FAX：(02) 29883028　29813049
製版：源耕印刷事業有限公司
初版一刷：2003年3月

定價：新台幣250 元
Printed in Taiwan

巴黎小販，達卡旅人

Mémoires d'Afrique …… 50 ans aprés

相隔50年的非洲回溯之旅

喬鹿（Louis Jonval）著　張穎綺 譯

我習慣將每本著作獻給珍視的人，曾在我生命中佔有一席之地的那些人。

我自然要把本書獻給生下我的父母親，

以及在摩洛哥和他們有過交會的安東尼・聖修伯里，

在塞內加爾與他們相逢的尚・摩茲，

與他們在加彭結識的艾伯特・史懷哲。

我也要特別一提沙沙——我的幾內亞籍僕人，

他是我的「嬤嬤」、守護天使和朋友。

本書記述的是眞實的故事：五十年前我在黑色非洲度過的童年，

以及我在2002年舊地重遊的印象。

摩洛哥
阿爾及利亞
利比亞
茅利塔尼亞
馬利
尼日
塞內加爾
甘比亞
幾內亞
象牙海岸
奈及利亞
加彭

目錄

第一章 他方

規矩的巴黎人

好多年以來，我和眾多巴黎人一樣，循著固定的路程去上班。如時鐘般精準無誤，我在八點出門，八點十分搭上地鐵，八點三十分在協和廣場站下車，穿越杜樂麗公園，於八點四十五分到達卡斯提吉諾街的辦公室。生活中隱然成形的規律，好好被「通勤、工作、睡覺」所分割，和絕大多數的巴黎人如出一轍。

我的年少光陰在父母呵護下度過，法國地方小布爾喬亞式的優裕生活，那個我所隸屬的世界，有它應有的規矩美德——還有每個禮拜日上教堂的習慣。厭倦了鄉下生活和說長道短的三姑六婆，我下定決心上巴黎闖出一番事業，賺大錢！我順利覓得工作，好歹是財富的第一步，然後，在不知不覺中，二十五年的光陰已悄然流逝。

我衣食無缺。政府提供我世界上數一數二的醫療健康保險，我每年有六個禮拜支薪假和林林總總的連假，薪水固定在每月三十日匯到銀行戶頭。和多數法國人一樣，我也小有積蓄。

爲了避免感覺孤單，我擁有一切的通訊設備：一支電話兼傳眞還附答錄機，九十六個頻道的電視，無限上網的電腦，當然還有不可或缺的手機。就是這麼些東西，讓我隨時能和人保持聯繫，免遭孤獨啃蝕。我這位單身漢還擁有小伙子的習慣，整個晚上拿著電視遙控器不停轉台，再花兩個小時上網，有時看看色情網站！（和百分之九十九的網友一樣！不過，我知道——身爲讀者的各位，屬於另外的百分之一。）爲了擺脫寂寞，我一週上兩次健身房，在這些時髦的「有氧健身中心」裡，我會碰見同樣形單影隻的人們，他們也來這裡，在一群形單影隻的人群中擺脫寂寞。

對拉丁諺語「身心健康要兩全」奉行不悖的我，邁入遲暮之年，卻對過往遵循的人生道路心存疑惑。我想尋回青春，如果肉體上已不可行，那麼就讓精神返老還童吧。不

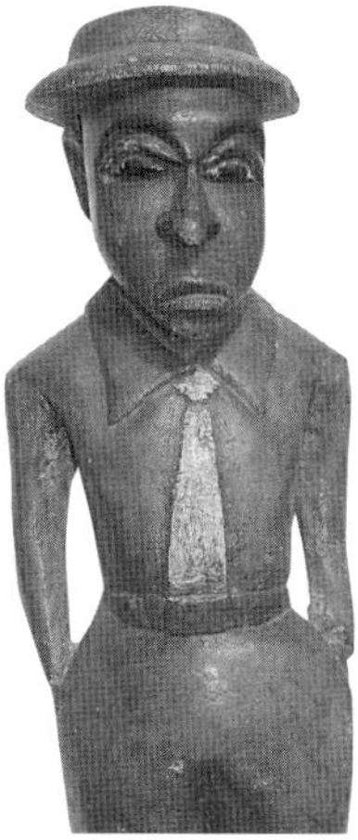

喬鹿私人收藏的雕像

十九世紀的一些非洲民族認為白人擁有神奇的能力（比如槍枝是可以殺人的棍棒）。為了也像白人一樣擁有這些能力，他們用木雕來重新呈現自己。被稱為「colon」的這些雕像，刻畫的是一身白人衣著的非洲人，襯衫、西裝、領帶，頭戴帽子或是狩獵帽。臉孔部份保留了非洲民族的黑人特徵，不過特別突出象徵白人神力的槍枝、鞭子或手杖。白人那輕鬆自若的態度也被照實模擬，手插在口袋裡站著，或是柱著手杖，雙腿交叉。

一直到一九五〇年代，還能見到一些穿得像白人的非洲人，他們想讓自己看起來像白人一樣，並且冀望這樣的服裝能賦予他們力量。

論是身體的鍛鍊、事業的努力，都從未達到我的期望標準。我想年齡和人生經驗是讓我成熟了，反省能力至少是我這個年紀的男人具備的優點之一。

來自塞內加爾的小販

在這個初春時節，我的心情是像田園詩一般輕快盈悅。春天降臨，梧桐樹罩上嫩綠外衣，鴨子們懶洋洋地曬著太陽，杜樂麗花園裡的栗子樹花蕾，每日都更加怒放。到非洲過冬的雁群飛回法國，在春日陽光露臉的當兒，非洲小販也來了，擺擺地攤賣些非洲風味的小玩意，像是護身符——說是可以帶來好運，就算沒這個效力，至少也該能驅逐厄運吧。

我常常看見這些非洲人，卻也視若無睹，我習慣了他們的存在，他們構成風景的一部份，昭告季節的更迭。不過，有一天，我放慢一貫急促的步伐，停下腳步。這位非洲人的「小店」是攤在地上的一方布。我打量一下他的「商品」：幾個雕像、面具，還有些鍍銀的小玩意。只要巡邏公園的警察一出現，所有的東西馬上被掃進塑膠袋內。

這位非洲人一身美得驚人的黑皮膚，黑得發亮，宛如烏鴉的羽毛。

他先是咧開一個微笑，露出一口晶亮的白牙，然後開口說道：

「主人，你好嗎？」

他沒用敬語「您」，我並不感到驚訝，但是非洲人竟然還稱呼「白人」爲「主人」，讓我大惑不解。

所有的非洲國家都在一九六〇年宣告獨立了——那已經是四十年前的陳年舊事！經過兩個世代，他們還沿用這個稱呼，彷彿還安於次等地位似的。或者那代表了遺憾？對殖民時代的遺憾或懷念？獨立只造福了一小撮人，被殖民的時代或許還美好一些？有整整超過兩個世紀的時間，非洲人受白人宰制，所以他們繼續把以往的主子當作「主人」嗎？有些形象揮之不去，有些習慣根深蒂固。

法國「占領」了他們的土地很長一段時間，現在輪到他們在春夏秋三季來占領我們的土地。其中大部份人也會留下過冬，一整年內只有一個月的假期返鄉探親——讓大老婆或小老婆再懷個孩子。

只是風水輪流轉呢？或者是法國政府機關睜隻眼閉隻眼？

大多數的護身符小販都是塞內加爾人。

塞內加爾——這四個字勾起我的無數回憶，這個國家是我童年的一部份。在我還小的時候，我聽著父親講述「非洲」，看他秀出的黑白照片，我覺得自己就像正翻閱著漫畫書。當然只有黑和白這二種顏色，當時還沒有彩色底片呢。再說，彩色照片上的黑人會是什麼顏色？當然是黑的！那白人呢？當然是白的！不過我父母口中的故事，色彩繽紛：原本湛藍的晴空在中午先是轉白（又是白），然後變灰，最後轉黑（又是黑），開始落下幾滴雨水。雨滴起初稀疏，接著越發緊密，轉爲滂沱大雨。雨水沖刷下，土地的氣味發散而出，水滴形成潺潺涓流，流經紅土的水流如血般火紅，流經石灰土的則變爲白色，水流最後被乾涸了好幾個月的沙地吸收。原本覆滿沙塵的樹木，經過這場雨水洗滌，顯得蒼翠欲滴。不過幾小時後，土地一變乾，它們又要再度蒙上塵土。

和我的非洲朋友談話的當兒，雖然我人在杜樂麗花園，離羅浮宮的入口只有一百公尺之遙，我卻感覺自己身處非洲。四周的空氣乾燥，我卻不自覺豎起夾克領子，彷彿要抵擋即將傾盆而下的驟雨。不，不，巴黎的天空是乳白色的，唯一稱得上異國的，是我眼前的這個非洲人，他，可是非常黑哩！

「主人，看看這個漂亮的面具，你想出價多少？」

這句話讓我回過神來。

「什麼？」

「這個面具可是我大老遠從非洲帶過來的，貨眞價實哦！」他說。

不管是眞貨還是假貨，面具就是面具。我一點也不懷疑那是他遠從某個非洲國度帶來的東西，一定是他那邊的兄弟啦、叔叔啦，或是姪子做的。這位非洲人想必是他那個家族的外銷業務代表，百公尺外擺著相同攤子的黑人大概是他的夥伴，他們爲老家帶入不可或缺的外匯，供應一切生活開銷。那個村落想必座落在塞內加爾某個鳥不拉屎的地方。

「謝謝，我不想買。」

不過，我想探查他的生意如何，於是大著膽子問道：

「生意還好吧？」

「現在經濟不景氣！」

這個答案讓我噗嗤一笑。如果他認爲法國不景氣，那塞內加爾呢？他猜到我的想法，哈哈大笑。

「我下次再過來。」

「沒問題！主人。隨時歡迎你再來！」

他自然而然地這麼說，彷彿我現在人是在他家裡。不過攤在地上、陳列著商品的這塊布，不就像他的產業，是來自遙遠非洲的他，在巴黎的家？

「明天再來跟我買點東西！」

這句話聽起來，毫無置喙餘地，成爲我的承諾。對他來說，這是我倆間談妥的一樁買賣，不過，我能買什麼呢？一個五顏六色的木雕面具？西瓜籽和尼龍繩串成的項鍊？一只銅製手環？不然買個萬能護身符好了。天有不測風雲，人有旦夕禍福。只要我虔誠相信它的神奇力量，它或許可以保佑我，待會兒過馬路時不會被車子輾死？

離開時我加快腳步，好準時到達辦公室。因爲這個短暫的停留不在我每天規畫好的時間表裡。也許我該先計畫一下，明天好到非洲朋友那邊待久一點？

不過，這一整天我都沒再想到他——我沉入自己的思緒中：現在的我，不論任何事都要事先規畫嗎？從工作到娛樂？我人生的每分每刻都得好好歸檔嗎？如果我拉開這個檔案櫃呢？就這麼讓它大敞？再也不要事事精確安排，再也不要事事準備，再也不要對每件事都預作計畫？不，門兒都沒有！不知道明天要做什麼？我怎能這樣過日子？可是——要是我姑且嘗試一次？就這麼一次就好！走出父母親和祖先的那個世界，走出那個小布爾喬亞的溫室與平靜無波的生活（其實多少也起點波瀾了），選擇隨遇而安。

電話鈴聲打消我的冒險念頭：總機小姐通知我去開今天的第一個會。頂頭上司立刻要見我，我的秘書又不在。她生病了嗎？一定又像平常一樣在裝病，就是偏偏要選在周一早上，好從週末的狂歡中恢復精神。

一天不知不覺過去，我手頭還有一堆該做的事，明天午休的二個小時再來趕工好了，到時就啃條三明治充充饑。不過，要是我不出門用餐，我不會穿過杜樂麗花園，也就遇不到我的非洲朋友。他呢，他沒有工作要趕，他只消看著顧客來來去去。突然間，我發現自己對他好生羨慕。

所以我決定明天要提早出門，用早上的時間趕工作，中午去看我的非洲朋友。抱持著這個皆大歡喜的理由，第二天我搭上地鐵，一如以往在協和廣場下車，和過去那些年一樣，我穿越杜樂麗花園往辦公室前進，預期我的非洲朋友會在中午擺開家當。

「早安，主人。你要去工作嗎？」

「是啊。」

「我也是，我正要擺攤子。」

他還沒從袋子裡拿出東西，所以不能跟我推銷什麼，不過他一點也不急，他認爲自己的時間多得是，用來賣東西啊、講價啊，還有做公關的時間。這個時候正好是做公關的時機，用來博取未來顧客的信任，拉拉關係。

我們的交情持續了幾個禮拜，偶爾會有沒碰面的時候，再次見面時就會解釋一番。

「主人，你昨天沒上班？」

「沒有，我去旅行。」

「去旅行？」

「嗯，去里昂。」

「你在里昂有老婆？」

我哈哈大笑。

「沒有，我去出差。」

非洲人老想知道你所有底細。他需要知道，好更認識你，他估量你，重新打量你，不過，事實上，他們只是想打打屁，倒不是出於什麼多心的好奇。

日子一天天過去了，好天氣也宣告結束，樹葉變黃變棕，慢慢落地，一天比一天掉得更多。今年的第一陣狂風宣告寒冬的緩慢進駐，白日一天天縮短。我的非洲朋友漸漸不常出現在花園，最後完全不見人影。他和候鳥一樣，悶聲不吭地離開了，他往南方去了，經過西班牙、摩洛哥、茅利塔尼亞，最後回到故鄉塞內加爾。

每一回經過杜樂麗花園，我會盯著他攤位的所在出神，想到他親朋好友迎接他的微笑，我也微笑了。此時在塞內加爾，雨季正好告一段落，好天氣就要開始，由巴黎前去避寒的旅客，也將隨著晴朗日子的到來，一一出現。想必他現在正待在達卡南方，觀光旅館林立的「小海岸」(Petite Côte)？在旅館往沙灘的必經之路上，他應該又攤開那一方布，擺上商品，等候著觀光客光顧。對他來說，新的一季又開始了。我呢，我對氣候的變換無動於衷，我照樣過我的日子——交織著種種煩惱瑣事、想逃離的慾望——這樣的日子。

老相本帶來的非洲回憶

一個禮拜六晚上，我在家裡翻閱父母親留下的相本。就是這晚，讓我下定決心出發旅行。父母離開人世已超過十五年，打從那時候起，我再沒碰過這本相簿。我一頁又一頁翻著，心情激動莫名，雙眼被淚水所迷濛，一滴淚珠落在臉頰。此時，我彷彿正聆聽著父親訴說每一張照片的故事——我曾經銘記在心，隨後又遺忘的故事。他的辭世帶給我的傷痛已減輕，不過屬於他的回憶原封不動。那些回憶再次在我腦海浮現，隨著照片翻過一頁又一頁，這些記憶變得益發清晰。童年往事歷歷在目，讓我一會兒微笑一會兒掉淚。

我花了大半夜看這些發黃的老照片，其中一些背面寫有日期，另一些註明地點，還有一些寫上人名。由父親或母親用紫色墨水寫下的這些附註，激起我的懷舊之情，好一段美好的歲月，很久很久以前，超過五十年以前！

父親在三〇年代結識了世界上第一位駕機飛越南大西洋的飛行員：尚．摩茲（Jean Mermoz），還有安東尼．聖修伯里（Antoine de Saint Exupéry），他是飛行駕駛，也是《小王子》（*Petit Prince*）一書的作者。

父母親口中的故事構成我青少年歲月的一部份回憶。

數不清有多少次，我傾聽父母親和友人追憶摩茲的軼事，以及他們一夥人駕機在野蠻沙洲（Langue de Barbarbie）上方兜風的經過。野蠻沙洲是塞內加爾河出海口的綿延沙地，那裡聚集了成千上萬的鳥兒。被飛機螺旋槳噪音嚇壞的鳥兒，成群飛起，那景象，恰似點綴了白色泡沫的五彩浪花。

數不清有多少次，晚餐後的閒聊，父母暢談詩興大發時刻的「小聖」（父母親和友人給聖修伯里的暱稱，他的本名實在太長了）。

這些「大人」，也就是我的父母親和他們的友人，追憶著過去，他們口中的人，對我來說是全然的陌生人。我想尋回童年記憶，知道那些人是何方神聖，曾經生活在哪些地方。就是在這個禮拜六夜裡，我決定到塞內加爾走一趟。

我的非洲童年回憶，多數以幾內亞爲背景，我卻選擇走一趟塞內加爾，而不是到幾內亞，是因爲塞內加爾的政治最穩定。幾內亞呢，和許多非洲國家一樣，政局動盪不安。同時，包含了許多民族的塞內加爾，像是全非洲的縮影。當然更因爲，在達卡（塞內加爾首都）法國領事館工作的幾個朋友，熱情邀我前往——這可是不折不扣的好理由！

許多年來，一些疑問一直存在我心中。我曾經對這些問題無動於衷，但是現在，我想找出答案。種種回憶在腦海裡迴盪。我得回到童年記憶裡的非洲，我決定舊地重遊，由父母的回憶替我引路。

第二章　黑人嬤嬤，非洲童年

歡迎來到塞內加爾！

我需要幾個禮拜的時間安排旅行。儘管心態像個二十歲小伙子，我的組織力和習慣，仍舊是六十歲的老頭。

二〇〇二年初，由天寒地凍的法國出發，經過六個小時飛行，我到了達卡國際機場。所有國際機場都以偉人的名字命名，法國是戴高樂，塞內加爾共和國是首任總統桑果（Léopold Sédar Senghor）。

我在輸送帶旁等候行李。幾個身穿灰色制服、戴著名牌的腳夫是唯一被允許進入安全管制區的當地人。美其名是「安全」管制區，其實問題就發生啦。

一名腳夫向一位先生提議幫忙。這位帶著二個大行李箱的先生，問過價，欣然同意。腳夫抓過第一個行李箱，放在推車上。那位先生好整以暇等他搬第二個箱子。說時遲那時快，這位腳夫一溜煙消失在三百多名旅客和二十多位搬運工當中。要在一群黑人中分辨一個黑人可不容易！再說，怎可能記得住名牌上的六位數號碼，誰又料得到一到機場就慘遭洗劫！

歡迎來到非洲！你剛剛抵達塞內加爾！

那位先生又氣又惱，堅持要去找機場警察報案。對方的問題讓他傻眼：

「名牌號碼呢？」

那位先生，自認倒楣地撇了撇嘴，再聳聳肩。

警察接著說：「沒有號碼，你要我怎麼追查？」

歡迎來到非洲！你剛剛抵達塞內加爾！

那位先生冷冷拒絕另一位腳夫提供的服務，緊緊看住第二件行李，搭上計程車離去。

多。

壞心眼的腳夫肯定做了筆好「買賣」，把行李賣到黑市，賺到的錢絕對比小費來得行李一出現在輸送帶上，我便拒絕腳夫幫忙，緊緊握住行李，去找來接機的朋友。一踏上塞內加爾的土地，就會了解，面帶微笑在這裡像是種基本美德。人人的眼神中帶著訓練有素的詼諧，用來蔑視對手。和那傢伙的哲學一模一樣嘛——咦，杜樂麗花園的那個非洲朋友，叫什麼名字來著？

我沒空在那自言自語，幾隻手緊抓住我：

「先生，搭計程車嗎？」

「主人，你要到哪裡？算你便宜哦。」

我盯著來拉客的計程車司機，咧嘴笑了。他不懂我何以笑得這樣開心。是的，我到了塞內加爾！無庸置疑！我見到來接機的朋友，司機不再堅持，繼續去拉別的客人。坐上車，我在車囂聲中沉入回憶。巴黎的灰濛色彩被抹去，達卡的顏色取而代之。五彩繽紛的色澤，就像畫家的調色盤。各式各樣的黑色：樹影般的緞黑色，如上蠟木頭在陽光下閃耀的亮黑，還有當地珀爾人（Peuls）和沃洛夫人（Wolof）參雜了銅色調、濃淡不等的黑色皮膚。塞內加爾，也代表了非洲黑人的長袍、纏腰布、藍或赭紅色的蠟染圍巾，像殖民時代屋宇那樣的赭紅色。還有舉止高傲的塞內加爾女人。總統桑果在他的詩裡，曾經詳加描寫這些「腳踝絕美的纖細羚羊」，她們的動作和姿態。連帶讓「羚羊」一詞被納入塞內加爾話，代表妙齡少女！

我的目光專注於眼前繽紛的非洲色彩，可是我的心在他方。這些氣味和顏色讓我想起五十年前的往事。幾分鐘內，我就重回童年的氛圍，五〇年代的氛圍，我記起所有的事——

五〇年代的非洲

五〇年代沒有失業，沒有愛滋病，沒有現在橫行的暴力。當年的我，想要探索這個世界，那個幾年前才因人類的瘋狂而戰火蔓延、血流成河的世界。我當時七歲，我那當軍官的父親，在法屬殖民地駐防。這段歲月是我童年深刻的回憶。換作是任何一個小男孩，聽到母親在一九五一年六月某個早晨說的這番話，難保不會銘記在心。

「這次暑假，我們要到幾內亞住三個月，和你們的父親團聚。」

我和哥哥姐姐一樣，早習慣了父親長期不在家。我知道他常常旅行，可是不知道他到底去哪裡了。

幾內亞？是城市？還是國家呢？

母親解答我的問題：「在非洲。」

「非洲，我出生在非洲啊！」

「是，你在摩洛哥出生，可是非洲不只有摩洛哥這個國家。你姐姐出生在加彭，哥哥在剛果，這些國家都在非洲，幾內亞也是非洲的一個國家。」

我要去拜訪非洲了！

第二次世界大戰結束後不久，我們就回到法國。我對非洲的唯一回憶，來自父母和他們朋友的閒談，這些殖民地朋友所居住的國家，在我眼裡全是些陌生又無比遙遠的國度。他們充滿懷舊情緒，談論著往事。在那些談話中，可以感覺一股熱風正悄然襲上他們。聽著他們的一字一句，我在腦海裡主動配上影像。打從那時候起，我看到香蕉就想到香蕉樹，看到白沙灘，便想到碧綠海洋、椰子樹，還有烤肉——不過那時候我還沒聞過烤肉味呢。

「殖民地」這個字眼，當然會讓法國人想起，那是個已告結束的時代。不過，好個滿載了歷史和異國情調的字眼哪，冒險的香氣襲來，簡樸迷人的生活教人嚮往不已。

我母親找出地圖，爲我指出上頭的一個國家，不過她的手指頭把它全蓋住了，我根本看不見。

「好小哦。」我扳開她的手指。

「還是有法國的一半大哦。」

非洲一定大得不得了，不然我要去的幾內亞，怎麼只佔了好小好小的一塊。

隔天我就興沖沖告訴同學：

「我要去非洲囉！我要去非洲囉！」

有一些人茫然地看著我，一些人應和著：「非洲！非洲！」

這些無知的可憐蟲，一定聽都沒聽過非洲，更甭提幾內亞了。我不怪他們，不是每個人都那麼幸運，有個在非洲工作的老爸。我照著母親昨天晚上所教的，在校園的沙地上畫上幾內亞和它周圍的國家。也許我把幾內亞畫得大了些？我可不希望大家知道我要去的地方是個小國家。我的幾內亞非得大到讓他們目瞪口呆不可。還有啊，一講到非洲當地的動物，我也吹了些牛皮啦。胡扯瞎蓋些我都還沒經歷過的冒險，故事裡頭的老虎和獅子還住在一起哩。七歲的小孩，什麼都掰得出來！

我生來愛作白日夢，知道要進行這趟旅行，讓我的想像力盡情奔馳，校園的幾棵梧桐樹變成熱帶叢林，一隻普通的麻雀是巨大的禿鷲，學校守衛的貓成了可怕的獅子。

出發的日子轉眼快到了。到醫生那兒打了預防針，才不會像電影裡的冒險家一樣，在叢林裡病得死去活來。準備行囊。母親拜託鄰居幫忙收信、澆花和餵貓。自從知道自己要去非洲以後，我看這隻貓的眼光不一樣了。非洲有貓嗎？長得什麼模樣？

還得打包行李。雖然法文裡還有大皮箱（malle）這個字眼，現實生活中，使用它的人是越來越少了。航空公司通常規定旅客只能帶一到二件行李，限重二十公斤。也就是說，和母親打從一個月前就開始準備的行李箱比較，根本是小巫見大巫。四角釘上金屬的數個巨大木箱，加上幾個小金屬箱，應該裝得下母親的所有家當。當年的她啊，認為一個木箱得起碼裝個十頂帽子，另一箱裝晚宴服，還有一箱是出席酒會用的禮服，更別提還有數不清的棉褲和相配的襯衫，好供她白天在叢林遊蕩時穿。也別忘了，還有整套細瓷餐具、水晶玻璃器皿、燭台等等。那個時候，有關當局還沒限制駐外人員的行李重量和數量。也許是母親驚人的行李數量，讓當時的殖民地官員不得不再作深思吧。

萬般期待的日子終於來臨。

舟車勞頓

得花三個半小時的時間，由法國的安堤布（Antibes）坐火車到二百公里外的馬賽去。和總共五千公里長的旅途比起來，這段距離微不足道。一列黑漆漆的火車，吐著黑麻麻的濃煙、鳴著汽笛進入車站。它的車輪看起來巨大無比，動力可觀，在刺耳的金屬聲中，列車停了下來。母親一左一右牽著我們二個小毛頭，擠過車廂通道。火車要帶我們到馬賽去搭船，前往幾內亞。當時是綿延無期的戰後時期。在戰時吃過食物配給苦頭的母親，身邊帶著足以餵飽全車廂旅客的食物。

我們四個人就佔去車廂的一半，所謂的座位不過是上過蠟的木板。我們搶著坐靠窗位子，七嘴八舌一陣吵鬧後，母親出面分配這兩個眾所覬覦的座位，大家每小時輪換一次。快到中午了，母親忙著拿出臘腸、火腿、水煮蛋、起司、麵包、水果。她拿出紅白相間的格子布，在車上來個野餐。我們一邊吃東西，一邊聽她描述窗外的風景和火車經過的地區。葡萄園，河流，沒入碧藍海中的紅岩艾得斯山(Estérel)。普羅旺斯風光在我眼前一一飛掠而過，像是一幕幕的電影畫面。不過電影是黑白的，窗外的一切都是彩色的。每樣風景都讓我開心極了。

黑漆漆的火車吐出黑麻麻的濃煙。

火車不時會鳴起汽笛，宣佈到站了或是正經過平交道。鐵路沿著海岸朝前鋪展，接著進入摩爾高地(Massif des Maures)。這個高原座落在馬賽和安堤布之間。媽媽說，摩爾人是好幾個世紀前入侵地中海沿岸的阿拉伯人。我怕得發抖，好像看到他們就躲在樹後似的。媽媽笑了，哥哥嘲笑我，姐姐聳聳肩。

自從三年前，由我的出生地摩洛哥回來後，我們就不曾再出門旅行。當時是一九五一年，我當年七歲。

二小時的車程不知不覺中就過去了，我們到達馬賽的聖查理車站。我母親托運給法國鐵路公司的行李，會轉給負責帶我們到幾內亞的船公司：法國郵船公司。

從馬賽到目的地柯那克里(Conakry)，需要八天的航程，沿途停靠摩洛哥的坦吉爾(Tanger)，茅利塔尼亞的艾帝安港（Port-Etienne，現在已重新命名爲諾迪布：Nouâhibou)，以及塞內加爾的達卡。

二十世紀中葉萌芽的科技革命，現代化的開端，雖然現在看來顯得微不足道，不過，拜此所賜，當時的人就已經可以搭機旅行，不過當然是螺旋槳飛機。從法國到幾內亞只需要二天的時間。當時載客旅行的飛機是雙引擎的「星座號」(Costellation)，行程一口氣跨越地中海，從馬賽到坦吉爾，接著到卡薩布蘭加(Casablanca)。旅客在當地的旅館過夜，隔天一早搭上飛機到達卡和柯那克里。夜航班機少之又少，因爲常發生意外。

可惜航空班機不多，早在好幾個月前就得預定座位，所以我們不得不搭船。我還得多等幾天，才能看到夢想中的非洲大陸。

搭車往港口途中，我們經過一個可以俯瞰港口的小丘，那段上坡路，讓車子跑得氣喘吁吁，不得不暫停一下好恢復馬力。從小丘上可以看見我們要搭的船，全白的一艘船，上頭佈滿的幾百個小圓點，都是舷窗。海上的這艘船，看起來像個玩具，大概是海洋的廣大無垠，讓它顯得無比渺小。

抵達碼頭後，我們的船看起來好大，我得把頭抬得老高，才看得見船名——「卡薩布蘭加」，也就是「白屋號」意思。所以囉，接下來幾天，我們就要以船為家。這段航程所需要的時間，總共是一個禮拜。

我費力爬上天橋，它在我們腳下晃動，讓我們先嚐到暈船的滋味。母親一邊鼓勵我們往前走，一邊叮嚀我們小心腳步，不要往下看。可是要小心腳步，怎能不往下看？父母們眞是奇怪的傢伙，既要你小心腳步，可又不准往下看？

馬上有一位服務生帶領我們到艙房。舷窗旁各有一張雙層床，舷窗下有張迷你桌子和長椅，兼具辦公室和客廳用途。還有個迷你浴室，和用來放東西的二座迷你衣櫃，不過我們大半的行李都留在貨艙裡。這個房間看起來眞小。跟這麼巨大的一艘船比起來，所有的東西看起來都小得不得了。我馬上就想四處參觀參觀，母親拉高嗓門，雙眼瞪著我，想壓抑我的急性子。不過幾分鐘後，我就如願以償。我們到處參觀，爬到船的最高點，這裡一白一藍的二個巨大煙囪，正吐出一縷縷白煙。人們在碼頭上忙進忙出，吊車吊起最後一批行李。

長長的二聲汽笛讓我嚇了一跳，姐姐尖叫出聲，緊抓住母親的裙子，我哈哈大笑。船要開了，啓碇前的一陣騷動，天橋升起，繫在岸邊的纜繩被解開。和堅實土地最後的接觸，船慢慢離開碼頭，旋轉著，駛向出海的航道。船上冒出的白煙彷彿連接起天空和海洋的一條線，煙霧讓海岸籠罩在神秘的光環中，房屋變得越來越小，所有的東西都變得像模型一般。海水越發湛藍，越發廣闊。好戲落幕，我們四個一語不發，沉浸在幻想裡。乘客一個個離開甲板，四周變得冷清。我們再多待了好一會兒，母親坐在椅子上，哥哥和姐姐坐在她左右二側，我靠著正好和我的頭齊平的舷牆欄杆，看著

我們要搭乘的船，一艘全白的船。

海，還有船行過海面留下的一大道波痕。

海上的空氣涼得很，我們打起哆嗦，離開甲板，進酒吧裡，點杯熱巧克力暖身。在法國的時候，母親特別喜歡喝下午茶，她喜歡找朋友一塊去，不純是爲了談天說地，也是爲了看人和被看。母親是位雍容華貴的女士，和那個時代的女性一樣，常常戴著帽子。當年在戰事如火如荼的非洲，爲人妻爲人母的她，帶著三個小孩，得面對各種問題，法國那邊又沒送來任何糧食補給，她的個性被鍛鍊得堅毅剛強。

至於我呢，我可不喜歡坐著喝熱巧克力。我的眼睛牢牢盯著對面的舷窗，隨著船的搖擺，我一會兒看到天空，一會兒看到海洋。我看到一隻海鷗飛過，牠是那麼悠哉，而船上的我是這麼不自在。用餐成爲折磨，我的柳橙汁像是隨時都要灑出來似的，我沒吃完就回到房間。平躺在床上，我繼續瞧著窗外。

停靠的第一站是坦吉爾，座落在山丘上的秀麗古城。我長大後才學到，這個城市曾被好幾個國家所統轄，但在一九五六年脫離法國保護後，就失去了它的國際地位。在那個年代，它是各種資金流通、非法交易、商業活動甚至是白人人口販賣的樂園（白種女人被賣去當娼妓）。坦吉爾激發了不少電影導演的靈感，而且，由於它位居地中海樞紐，引來了許多國家和黑市交易販子的覬覦。船在這裡停靠了將近一天。我們沒法下船，母親大概害怕我們會失蹤。我記得她像母雞保護小雞一樣，緊緊看管住我們。我們只見到碼頭上一排排的倉庫，還有上上下下卸貨裝貨的吊車。這些貨品不受管制，大有可能是毒品或是撒哈拉沙漠商隊需要的武器。

接著來到艾帝安港，座落在沙漠和海洋之間的港口。魚腥味無處不在，浸滲到皮膚裡，滲入所有的東西裡。數十艘漁船停泊在這個遠離海洋波濤的港口。晾著風乾的魚、做成罐頭的魚、鹽漬的魚——除了魚產，鐵礦也是這個港口的財富。紅色泥土透過運輸帶流入運礦船。來自沙漠的赭紅風沙一陣陣呼嘯而來，空氣灼熱，我們塞住艙房的門窗空隙，待在裡頭。幾個小時後，當地人萬般期待的糧食和補給品就被卸下船。每艘船在當地人眼裡，都是與法國的一條連結線。

倒數第二站是達卡。達卡是西非最大也是設備較好的一座港口。即使它當時還不是首都（到一九五六年才成爲首都），它仍是塞內加爾的經濟中樞，在一九五一年，人口有十五萬（二〇〇二年有一百二十萬人）。

在達卡停靠的二天，是我們和非洲的第一次接觸。幾天前在馬賽迫不及待想出發的心情，現在被面對未知事物的恐懼所取代。這些黑人嚇著我了，他們直盯著我看，讓我好生害怕。我和哥哥、姐姐手牽手，緊緊靠在母親旁邊，登上一輛敞篷四輪馬車，到城裡去兜風。隨著馬蹄的噠噠聲，我們繞行城裡一圈。經過了白屋林立的住宅區，奼紫嫣紅的九重葛和木槿花在爭妍鬥麗；還經過了百年老樹夾伺的林蔭大道，和俯瞰大海的雄偉總督府。幾個小廣場上，當地居民在賣蔬果魚肉。這些小市集像是畫家的調色板，反映了生活的豐足和喜悅。那些我從來沒見過的水果，我都想嚐嚐。回港口的時候，我們提著沉甸甸的一堆芒果、木瓜和芭樂。我們的艙房頭次有了異國風味，這些糖份飽滿的水果，散發出香甜如蜜的氣味。

隔天早上，我們出發前往終點站：柯那克里。

和父親相聚

到達柯那克里時，父親正站在碼頭上等候我們。廣大的碼頭上，還有幾十位來接親人的殖民地居民，身處其中的他，看起來眞小。他手裡揮著狩獵帽，想引起我們的注意，不過其他人也做著相同的動作，遠遠看過去，這些揮舞的手臂，活像一幕芭蕾舞表演。船隻鳴起汽笛，昭告進港，同時吐出大量濃煙。幸好父親長得高大，在煙霧迷漫中，我還是認出他來。一百四十公分高的我，由上層甲板眺望無邊無際的碼頭和倉庫區，所有東西看起來都小得很，大概是因爲我還沒滿八歲吧。

冒著會摔斷脖子的危險，我急急跑下天橋，第一個投入我父親的懷裡，接著是哥哥、姐姐、母親，大家就像蜂窩上的蜜蜂那樣，緊緊黏在一起。大家開心極了，開心團圓在一起，開心能活在這世界上。第二次世界大戰結束以來，我母親頭次回到非洲，她要尋回過去的回憶，我呢，我要創造回憶，好待日後回想。

父親的副官命令僕人將行李搬上軍事卡車。他趁著來柯那克里的機會，買了一套藤製傢俱。他對母親說：

「康康城（Kankan）是窮鄉僻壤，啥都沒有！」

我們得由柯那克里搭火車到康康城。父親擁有私人專用的車廂，有這樣的車廂，移民們在搭乘幾內亞國鐵旅行時，能夠舒服一點。軍事卡車和一輛汽車會載送行李，不過，卡車或火車究竟哪一個會先到呢？副官擔負起這項任務，得確保我們的行李安然無恙到達目的地。

和法國的火車比起來，這列火車看起來還眞小，一群非洲人在月台上你推我擠，這

柯那克里車站月台。

是我生平第一次看到這麼多的黑人。儘管累得不得了，天氣又那麼濕熱，我還是奮力睜著眼睛，臉蛋緊緊靠在車窗上。我可不想錯過任何一件事。經過森林時，我看見一群猴子在樹枝間跳來跳去，我生平第一次看到猴子。由於昆蟲很多，得把車窗關起，只有車廂後頭的通風口開著，好保持空氣流通。

在康康城車站，一輛黑色大禮車正等著我們。那是父親的車：一輛Packard Custom。穿著制服、戴白手套的司機坐在駕駛座，他沒轉過頭來，大概是因爲他明白看不到我們，司機和主人的位置間，隔了道玻璃。一身白的門僮爲我們打開車門，母親推著我們坐到後座。爲了通風，車窗被搖下來，司機發動車子。車子大得

父親的愛車，一輛Packard Custom。

我們的房子，一棟長方形的屋子，波浪狀的屋頂，迴廊環繞。

很，後座座椅前，還有幾張折疊式椅子呢。三十分鐘後，我們到了。司機將車子開到房子大門的階梯前。從外觀看來，這是棟長方形屋子，波浪狀的屋頂，迴廊環繞。一列巴豆樹與鄰居的土地爲界，幾棵大樹爲平淡無奇的花園增添些色彩。

我們一到達，就有一大群僕役從屋裡走出來，一個個在階梯上列隊站好。這些人是誰？爲什麼從我們的屋子裡走出這麼多黑人？屋子裡還有別人住嗎？也許不只有我們住在這裡？我們有點害怕，遲遲不敢下車，尤其這些人還低下頭，想瞧瞧車子裡的我們。他們要做什麼？我覺得母親好勇敢，她第一個下車，再讓我們下來。父親開始介紹大家互相認識，先是一個叫沙沙(SA)的男孩，再來向哥哥介紹法拉(FARA)，向姐姐介紹沙巴（SAMBA）。我們不太明白父親爲什麼要跟我們介紹這些人。接下來，透過父親和其他黑人的談話，我才明白還有一位女廚子，二位女僕，開車載我們來的司機叫德斯拉色（DESLACET）。

叫沙沙的那位，不停對我微笑，他到底想幹嘛？接著他一邊笑一邊摸我的頭髮，我有一頭非常金黃、非常細的頭髮，他的頭髮則是非常烏黑又非常捲，我笑了。他笑得更開心，拉住我的手。我隨他走上幾層階梯，一邊不停回頭看著母親。母親目送我，對我說：

「跟他去吧，他帶你參觀你的房間。」

在法國的時候，我和哥哥共用一個房間，在這裡，我有自己的房間。房間很大，大得不得了，擺了張大床，大得不得了的床。從天花板垂下薄如蟬翼的簾子，落到床上。看我一臉驚訝，沙沙跟我說那是夜裡防蚊子用的：這麼一來，我不就像是一隻被囚禁在

穿著獸皮的沙沙，看起來很原始，但他是相當稱職的僕人。

網裡的蝴蝶！母親來看我們，跟我解釋這個「傢伙」是誰。也該是時候了。這「傢伙」是我的男僕，他負責寸步不離地照顧我、看管我，因爲母親沒法同時照顧我們三個小毛頭。所以沙沙像是一個朋友，一個可以一起玩耍的大朋友。我的姐姐、哥哥也有他們的黑人朋友，法拉和沙巴。剛剛看到的其他人不是朋友，他們是打理房子、廚房和花園的人。我發現屋裡的人還眞多，我母親在法國可沒這麼多人服侍。

一場小意外

屋內突然起了一陣騷動，有緊急事件。載運行李的卡車翻倒在水溝裡。沒有人受傷，可是卡車毀損得很嚴重。至於行李，得派另一輛卡車去載，並清點損失。

載運行李的卡車，翻倒在水溝裡。

父親狠狠罵他的副官，母親直說：「好個開始，好個開始——」更嚴厲地指責副官的無能！

父母間免不了起了口角。父親對母親說：

「你少火上加油！」

母親聳聳肩，拉著我一起離開客廳。所以我們得待在家裡，等父親回來。他得趕在午後下起雷陣雨前去清點損失，處理後續事宜，免得讓損失更加慘重。

「爸爸，我可以跟你去嗎？」

到達非洲幾小時以來，這是我頭次向父親提出要求。他大概不想拒絕我，所以沒回話。我把這當作默許，匆匆跳上車，我在大大的車裡，更顯得像小不點似的。沙沙像我的影子一樣，亦步亦趨。

經過一小時的車程，我們在路邊看到翻倒的卡車。司機窩在車旁等著，看到我們來了，懶洋洋地站起來，垂著頭，搖晃著雙臂，顯然在等著父親動手打他。父親沒有體罰的習慣，罵幾句就夠了。眾所皆知，只要他一提高嗓門，你最好別抬頭。

我沒膽子下車去，但後來還是冒險打開車門。沙沙緊跟著我，關上車門，我們留在一段距離外。我父親看著翻倒的卡車，散落一地的行李和傢俱，沉默地搖搖頭，接著轉向司機，破口大罵！

「天啊！眞服了你！道路那麼直，也沒多少坑洞！你是睡著了嗎？你就不能小心點？那我何必教你開車呢？你是不是太過份了？我那麼信任你。現在太太的行李在哪裡？你可有清空卡車？沒有！壓根沒有！意外發生三小時了，你做了什麼？你沒想過清空卡車，把行李放到路邊嗎？二小時後就要下雨了，這樣一拖，所有的東西都會被淋濕！」

父親氣咻咻地繼續咒罵，他大概需要發頓脾氣？男僕低著頭盯著腳，等待父親火氣消退。沙沙和我抬頭挺胸等著。副官也一樣，直到父親一句話驚醒他的白日夢。

「你得等我下令，才懂得清空卡車，把它翻正嗎？把所有東西搬到另一輛卡車上！拿布蓋住行李和傢俱！」

挨過罵的僕人們，悶聲不吭開始忙碌，將東西搬上另一輛卡車。父親在柯那克里買的整套藤椅摔得慘不忍睹。行李箱呢，不是開腸剖肚，就是被撞得凹凹凸凸，可以聽見裡頭的餐具都碎了。要是讓母親看到這些里摩日（Limoges）瓷器的慘狀，還有壓扁了的帽盒——我可以想像她的反應。一張椅子只剩三支腳，至於裝著晚禮服的路易威登皮箱，它掉到水窪裡去啦！

半個小時內，所有東西被運上第二台卡車，出事的車卻怎麼也發不動。父親決定由另一輛卡車牽著它走，一邊無奈地說：

「至少不會超速駕駛。」

我悶聲不吭坐上車，沙沙跟著我進來，蜷臥在後座。父親坐上前座，司機發動引擎。大家都沉默不語，接下來還有個更艱鉅的仕務哩，就是告訴母親，她的洋裝泡過泥漿，她的帽子全被壓扁了，傢俱摔壞啦，餐具也粉身碎骨！父親得跟她報告，他猜想可有得吵了！我想，今天晚上我們會早早上床睡覺，嘴巴也頂好閉得緊緊的！雷聲轟轟響起，幾陣狂風吹來，到家時，雨滴開始落下，接著大雨傾盆而下。我聽見父親在嘟噥著：

「這場雨要是能緩和火氣就好了！」

父母談話時，雨滴敲打著鐵皮屋頂。我看到母親坐下來，頭埋在雙手中，父親過去安慰她。大功告成，她都知道了！

晚上的天空和大家的心情都變得晴朗，暴風雨過去了。我想知道意外發生的原因，姐姐惡狠狠瞪著我，幹嘛舊事重提啊。

母親微笑，對我說：

「一隻羚羊跑過卡車前面，司機緊急煞車，就掉進水溝去了。」

「羚羊沒被壓死？」

「沒有，牠跑掉了。」

「太好了，司機眞好，煞車煞得好。」

我的父母哈哈大笑，我眞不明白爲什麼。

戴著「殖民地頭盔」出門去

第二天早上，母親給我們每人一頂可笑的帽子，叫我們出門一定要戴上，也吩咐我們的僕人，要好好監督我們戴著。我們叫這帽子「殖民地頭盔」，它是

每次出門，我們得戴頂古怪的帽子，我們叫它「殖民地頭盔」。事實上，帽子是紙板做的，再用白布包起來。

紙板做的，再用白布包起來。

當然囉，我想出門去，我來非洲，可不是要窩在房間的蚊帳裡，不然回法國以後，有什麼豐功偉業可以跟朋友吹噓呢。我得去冒險，所以我決定到花園去。殖民地房屋的花園，就像所有法國森林加起來的精華濃縮版，那裡的昆蟲和樹葉一樣多，也許還更多，因爲有的蟲長得跟樹葉沒有兩樣。沙沙寸步不離，免得我伸手亂摸，碰到危險的東西。有時會看到一條青蛇纏在和蛇皮一樣綠的樹枝上睡覺，沙沙警告我：

「小主人，不可以碰，不可以哦！」

沙沙說的話我照單全收，我對他完全信任。當他給我一隻活的昆蟲，拔掉牠的腳，叫我送進嘴裡的時候，我當場照辦，或者說，我至少試著去吃，因爲其中一隻腳還在我嘴巴裡動。有時候被母親看見沙沙給我的東西，我們兩個人都會被狠狠臭罵一頓，不過沙沙總是一臉誠懇地說：

「太太，我爸媽每天都給我這些東西吃，讓我補身體。」

我該相信誰？我得聽母親的話嗎？可是沙沙那麼強壯，他媽媽說的話一定也有道理？

我總是對沙沙言聽計從。有一天，一條起碼有一公尺長、棕紅相間的蛇緩緩爬過花園。沙沙對我說：

「這種蛇很好吃哦，牠也不會傷人。」

這個國家的人眞的什麼都吃！不過我不想吃，免得又挨罵（而且，我才不想讓牠在我嘴裡亂動呢）。我抓住牠，放在籃子裡。我叫姐姐來，把籃子遞給她，她以爲裡面是水果，不過一瞧見蛇，馬上發出淒厲的尖叫。全家上上下下都跑來了。我還沒開口，左臉頰就挨了母親一個巴掌。我那個笨姐姐，在爲一條毫無攻擊力、還可能怕她的蛇尖叫時，母親正在梳頭，梳子在我臉上留下數不清的小紅點，幾天後才消去。我不能去找鄰居玩，因爲有個朋友跟他母親說，我得了痲疹。

獵獅子囉！

一天父母親向我們宣佈，他們要出門三、四天，和軍隊同袍去狩獵。我想去，因爲我跟留在法國的朋友說過了，我要去非洲獵獅子和老虎。不過母親用了一個我已不復記憶的藉口，說我年紀太小，沒法去獵獅子！雖然我告訴她，我吃了昆蟲腳，年紀夠大夠強壯了，她還是沒改變心意。沒辦法囉，我們得留下來，一個士官負責照顧我們，三個小家丁和其他僕人也會嚴厲監視我們。這三天過得糟糕透頂，我們三個幾乎啥也不能做，只准待在屋子裡吹電風扇。我跟沙沙玩跳棋，我老是贏，因爲他實在太遜了。不過這麼多年後，我不禁自問，他當時是不是有作弊——故意輸給我？

父母回家後，劈頭就問我們：「你們乖不乖？過得開心嗎？」隨後傳喚士官，問他這幾天可有問題。他的回答斬釘截鐵！

「夫人，沒有，一點問題也沒有！」

不可能有問題的，他根本禁止我們出門嘛。乾脆把我們關在禁閉室算了！隔天，這個「獄卒」一走，我就跟母親訴苦。父母親看我們鬱鬱寡歡的樣子，答應下次狩獵一定會帶我們同行。我開心地跳了起來，四處跑來跑去，跟大家嚷著：我要去獵獅子了！我要去獵獅子了！

好消息總是在最出乎意料時降臨。有一天，父母親跟我們宣佈，下個禮拜要上叢林去。

「要去獵獅子嗎？」七歲半的我仰著頭問。

「不，我們要陪爸爸去幾個村子視察，大概要花一到二個禮拜時間。」

「二個禮拜！那這二個禮拜，我們會不會看到獅子？」

「大概會吧。」媽媽回答，她一定在想，我腦袋瓜裡只有獅子。我在法國的動物園是看過一頭獅子啦，我想知道牠在野外自由自在的樣子，才好跟朋友大吹大擂嘛。

僕人們忙著打包大皮箱，一件又一件的大皮箱！所有皮箱被運上一輛小蓬車，蓬車後面拖著一個水罐車。我們的叢林之行，就像要遠征似的。整個探險車隊，除了載送行李、補給品的卡車和水罐車，還有三輛吉普車，一輛Hispano-suiza敞蓬轎車和一輛Delahaye敞蓬車同行。

車隊一大早便出發。二輛吉普車開路，接下來是拉上車蓬的Delahaye敞蓬車，裡頭坐著父親和他的副官，再來是Packard Custom，媽媽坐在前座，德色拉斯開車，我們三個小毛頭在後座，又在爲靠窗位子吵得不可開交，再來是水罐車和卡車，吉普車殿底。道路坑坑洞洞的，車子就算有避震器，也不能減低衝擊。即使時速平均三十公里，極少超過四十，我們還是被震得七暈八素。

我們的時間多得是，可以好整以暇觀看四周風景，無邊無垠的平原上，頂著長角的牛群在吃草。成群結隊的羚羊在車隊前幾公尺穿越馬路，接著在一百公尺外停下，杵在那兒一動也不動，好奇地盯著我們瞧。草原上還有野獸和牲畜在晃蕩。偶然會有一隻獅子或豹，擾亂了四周的平靜。這時只聽到一陣答答的蹄聲，在沙塵中，落單牲畜的臨死哀鳴，最後四周回復沉寂。

我任憑想像力奔馳，想像隨時會有一隻野獸從大草原上冒出來，眞讓人心驚膽顫哪。在這個窮鄉僻壤，得花上好幾個小時才能走個百公里。

我們的第一站是個大村落，這裡還有法軍駐守。我們在一間茅草屋頂的大屋子落腳，度過一夜。不過那裡既沒水也沒電，只有一個留聲機，讓父母可以聽聽音樂。我累慘了，聽著音樂不支睡去，沙沙把睡著的我抱到床上。明天還有好長一段路要走呢，而且得在野外紮營。

野營

第二天，我們穿越一望無際的大草原，錯落聳立的洋槐，為千篇一律的大地景色提供了一絲變化。我們停在一株大樹下，在宜人的樹蔭下休息。水罐車裡的水被太陽曬得滾燙，超過了五十度，我們喝過水，也替車子的散熱器加了些水。

父親答應我——要獵隻獅子。Hispano-

我們在一間茅草屋頂的大屋子落腳，度過一夜。

suiza的車蓬被掀開，由德色拉斯駕駛，我呢，坐在他旁邊，整個人緊緊被皮帶繫在位子上，父親呢，站在後座，也有條皮帶牢牢支撐住他。一行人就這麼出發去尋找今天的「晚餐」。望遠鏡往四面八方掃視，最後停在一群非洲疣豬上。父親向司機指出方向。司機憑著經驗和天生的過人眼力，抄捷徑越過草原，幾分鐘後，一隻疣豬就不幸一命嗚呼，草原那麼大，誰叫牠偏要被我們看見嘛。車子停下來，剛剛車速過快，再加上看見垂死豬隻的臨死顫抖，教我渾身打起哆嗦。德色拉斯剖開豬隻，取出所有內臟，免得肉質受影響。開腸剖肚的豬隻被掛在車子前方的擋泥板上，用皮帶牢牢繫住。我們慢慢開回營地。我沒看到獅子，不過還是大開眼界。回法國後，我大概會修改幾個細節，把這隻毫無攻擊性的疣豬講成一隻獅子。反正，要是讓我們和一隻獅子狹路相逢，父親也會取牠性命罷。再說，只要我會掰，沒人會來反駁我。

抵達下一站前，我們還有好長一大段路要走。我們在美麗的星空下過夜。讓我來跟各位說說這一夜吧。那像是冒險電影中的一幕。不過這是實實在在發生過的事，不是虛構的電影場景，而我正是其中一角。

車子停在一棵巨大的洋槐下，彷彿是尋求它在夜裡可以給予我們保護。四個帳蓬被搭起。太陽緩緩落下，淡紅色與金褐色交織的餘暉，是畫家沒辦法描繪的作品。幾棵深色的洋槐，在火紅的天空背景中活像中國皮影戲的剪影。氣溫沒熱得那麼教人難以忍受了，火堆的劈哩啪啦聲，讓我從大自然美景中回過神來。一會兒後，我又望向地平線那端，天空已呈深藍色澤，夜幕漸漸籠上，幾百萬顆星星照亮夜空，月亮羞答答地昇起，接著以母儀天下的姿態照耀萬物，洋槐被照亮，精彩的中國皮影戲繼續上演，不過角色顚倒過來，由洋槐來點綴夜空。

周遭的吵嚷聲讓我重回現實。不過眼前的景象，讓我再度墜入繽紛的夢幻世界。僕人們正露天架起一張簡陋的飯桌，再鋪上華麗的繡花白布，燭光搖曳，桌上擺著鑲了細金邊的里摩日細瓷餐具、銀製刀叉。

疣豬被切成塊，用桿子串起架在炭火上烤。先變成金黃，然後是棕色。一小時多的時間裡，一位僕人像節拍器一樣規律地轉動肉串。油脂在肉上流淌，讓肉不會焦掉，肉香四溢，令人垂涎欲滴。我們化身爲這片草原的捕食性動物，獵捕了大自然供予的野味，盡了食肉動物的義務。

父母親盛裝打扮，父親一身深色西裝，燙得筆挺的襯衫上打了個領結。母親一身及膝洋裝，頸子上還「隨性」地紮了條愛馬仕絲巾，似乎不覺得和當下情境有啥不搭軋的地方。

我們泰然自若坐到餐桌旁，戴著白手套的僕人們在一旁侍候。

烤豬被切開，豬腿肉配著蔬菜被送上桌。水沒那麼燙了，吃過豐盛的水果，晚餐就告結束，或者應該說，差不多就要結束，父母親和副官還要喝杯雞尾酒呢。僕人送上一只皮盒，裡頭是個銀製調酒器和六個小杯子。父親在調酒器內倒入幾樣烈酒，蓋上蓋子，使勁地搖晃。

我盯著父親，他看起來就活像專心唸著神秘咒語的巫師，正在召喚神明似的。他小心翼翼將酒倒入三個小酒杯。他們舒舒服服坐在帆布椅上，啜著酒，彷彿在品味一天的最後時刻似的。我開始打盹，母親向沙沙做了個手勢，我該上床睡覺了。沙沙帶我到帳篷，裡頭已架好行軍床。那是張折疊式的床，X型的支架上掛了塊厚棉布。我不習慣睡得這麼「刻苦」，不過沙沙跟我說，獅子獵人都睡這種床——既然獅子獵人都睡這種床，我馬上就進入夢鄉。

一整夜我做著精采的美夢：勇敢的狩獵，仙境般的美景。不過這些眞的是夢嗎？也許那是我親眼所見的大自然風光。

拜訪頭目

草草梳洗過，吃了一頓豐盛早餐。空氣裡還留存著黑夜的回憶。天亮了，樹木依舊被籠罩在濛濛晨靄中。洋槐樹上傳來幾聲尖銳的鳥叫聲，我看不見這些鳥兒，不過牠們一定在想，這些新鄰居究竟是誰啊。遠方傳來的一聲野獸吼叫讓我嚇了一跳，牠像是在

將近兩百公分高，穿著件寬大的白袍，一看就知道他是頭目。

警告我們入侵了牠的地盤。幸好沙沙就在我旁邊，他看著我對我微笑。父親下令拔營，僕人們拆帳篷、打包、將東西送上車，忙得不可開交。三十分鐘後，這個地方就恢復昨天的原貌。離下一站還有四小時的車程。

道路沒人來維護，只消幾個禮拜，大自然就會再次耀武揚威，雨季的時候，原本開出來的路上草木叢生，只有非洲嚮導能替我們指路。父親認為，一個村落一個村落去巡察，還需要四天的時間才能到達軍區的首府，也就是我們這趟旅程的最後一站。

到達第三站時，軍樂齊鳴，村落頭目和幾位長老列隊歡迎我們。頭目將近二百公分高，穿著件寬大的白袍，一看就知道他是頭目。父親在過去的視察中已經認識他。鄰近各個村子都對這位頭目心服口服。頭目帶著幾位史官樂手【註1】，歡迎我們這一行人。透過翻譯和他交涉，他同意派一位嚮導帶我們到下一站去。

孩子們好奇地盯著我們瞧，我們也好奇地看著他們。他們大概是第一次看到年紀相仿的白人小孩。父母幫我們拍照。他們不明白架在三腳架上的機器是什麼東西。拍照的人將頭伸進黑布裡，緊壓一個梨型開關，一邊嚷嚷：「別再亂動！」不管怎樣，這些孩子說的是當地話，才聽不懂法文呢。

隔天嚮導坐上前導的吉普車，帶我們到下個村子去。不過他帶我們走的路，在我們眼裡，根本看不出是一條路嘛。前幾天千篇一律的草原景象，現在換成荊棘叢林。唯有在路上碰到橫倒的

顏色的對比。

常常得煩勞非洲騎兵搬開擋路的樹枝，車隊才能通過被水淹沒的道路。

樹木或是雨季豪雨造成的洪流，讓我們不得不停下車時，才會看到鳥兒，聽見無數可怕的聲響。還常常得煩勞非洲騎兵搬開擋路的樹枝，車隊才能通過被水淹沒的道路。

成群結隊的猴子對我們發出刺耳的叫聲，抗議我們入侵牠們的地盤。不過大部份的時候，在叢叢綠樹中，我們只能驚鴻一瞥當中的一隻。

經過四小時，我們終於到達另一個村落。這裡是我們的第四站，也就是倒數第二站。這個村子更加偏僻。泥土屋已不復見，只有茅草屋。屋子更加低矮，居仕環境相當簡陋。一張折疊式帆布躺椅毫不搭軋地出現在這個地方，那是頭目的家。這張躺椅引人發笑，它是頭目的「寶座」哪。

父親命令翻譯去找個村民，明天一早帶我們到下一站，也就是探險的最後一站。頭目收下一個亮晶晶鋁盆當謝禮，答應派一個嚮導，帶我們穿越叢林到最後一站去。帳篷搭在村子旁邊。吃過一餐粗茶淡飯，我沉沉睡去。隔天一早，公雞一啼，僕人們忙著收拾行李，頭目帶了一個女人來見父親。他對父親表示，這位女人就是嚮導。她讓我有點害怕。她站著一動也不動，也不說話。翻譯和頭目簡短交談過，向我們保證，這位女人知道怎麼帶我們到法國軍區，也就是這一趟探險的終點站。車隊出發了，我們進入叢林，這裡的草長得相當高，我們的視線只見得到十公尺以內的東西。

路常被河流阻斷。乾季的時候，我們可以輕鬆涉水而過，可是遇上雨季，就要造木筏渡河。當地人用不到二個小時、以剝掉皮的樹幹和藤繩造好的木筏，看起來很簡陋，一點也不安全。父親寧可要我們搭獨木舟，獨木舟也是匆忙間造好，但是比較可靠。

這張躺椅引人發笑，它是頭目的「寶座」。

路常被河流阻斷。

穿越河流一直都是個大冒險。

窗外出現一群牛隻，顯示我們正接近一個村子。這是我們這趟探險的最後一站。這村子是方圓幾千平方公里的範圍裡，「法國殖民勢力的最後領地」。在非洲大陸的這個偏遠的角落，不過十名白人，掌管大概五十名非洲騎兵。一間茅草屋頂的屋子，上頭飄揚著法國國旗，象徵著官方權威，這屋子代表了秩序，也是和當地非洲人會談的總部。父親在這個四面洞開的屋子裡，斛旋種族間的紛爭。每月一次的醫療服務也在這棟屋子裡進行。叢林探險隊員的招募作業，也以它爲據點。

殖民官員擁有絕對的統治權，當地政治組織無權置喙。再說，這些組織根本不存在。當地的非洲人，忙碌了一整天後，高興敲一整晚的鼓，在月光下唱歌、跳舞，都不會有人干涉，只要他們別插手政治就好。那些沾惹上政治的非洲人，最後不是被吊死就是被槍斃。

這個地區種族間的關係緊張，時有戰事（即便經過五十年，現在一切如舊。幾內亞的各個種族還是會不時殺個你死我活！）。父親隔天要接見各族頭目，解決各村落間的衝突問題。幾內亞境內共有二十個以上的種族，每一族都有自己的風俗、語言、傳統和信仰。父親接見各族頭目，解決不同種族混居會有的問題。

蓋著茅草的屋子、白色桅桿和飄揚的法國國旗，是官方權威的象徵。

頭目們等待著父親的接見，解決各族混居而產生的問題。

村子的迎賓舞，嚇壞我了。

105

台北市南京東路四段25號11樓

大塊文化出版股份有限公司　收

廣告回信
台灣北區郵政管理局登記證
北台字第10227號

地址：　市/縣　鄉/鎮/市/區　路/街　段　巷　弄　號　樓

姓名：

(請寫郵遞區號)

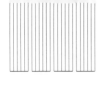

謝謝您購買這本書！

如果您願意，請您詳細填寫本卡各欄，寄回大塊文化（免附回郵）即可不定期收到大塊NEWS的最新出版資訊及優惠專案。

姓名：________ 身分證字號：________ 性別：□男 □女

出生日期：____年____月____日 聯絡電話：________

住址：________

E-mail：________

學歷：1.□高中及高中以下 2.□專科與大學 3.□研究所以上

職業：1.□學生 2.□資訊業 3.□工 4.□商 5.□服務業 6.□軍警公教 7.□自由業及專業 8.□其他

您所購買的書名：________

從何處得知本書：1.□書店 2.□網路 3.□大塊NEWS 4.□報紙廣告 5.□雜誌 6.□新聞報導 7.□他人推薦 8.□廣播節目 9.□其他

您以何種方式購書：1.逛書店購書 □連鎖書店 □一般書店 2.□網路購書 3.□郵局劃撥 4.□其他

您購買過我們那些系列的書：

1.□Touch系列 2.□Mark系列 3.□Smile系列 4.□Catch系列 5.□幾米系列 7.□from系列 8.□to系列 9.□喬鹿作品系列 10.□其他

閱讀嗜好：

1.□財經 2.□企管 3.□心理 4.□勵志 5.□社會人文 6.□自然科學 7.□傳記 8.□音樂藝術 9.□文學 10.□保健 11.□漫畫 12.□其他

對我們的建議：________

沙沙，我的黑人嬷嬷

幾小時的車程、叢林的潮濕熱氣、昆蟲的叮咬，讓母親在午餐後就趕我上床睡覺。一整天當中，我最討厭午睡的時候了。我不明白，明明大白天的，爲什麼非得睡上二個小時不可。晚上才是用來睡覺的嘛，白天呢，我可以發明遊戲啦，玩耍啦。不過父母就是很莫名其妙，跟他們爭啊吵啊也沒用。他們年紀比較大，愛怎麼樣就怎麼樣！他們自以爲什麼都知道，什麼都要管。

沙沙跟我解釋，「白人小孩」不習慣熱帶的炎熱天氣，下午一點到三點間一定要睡覺。我不想一個人留在房間裡，所以沙沙每次都留下來陪我。他關上百葉窗，減弱照進房裡的陽光。他還常常拿水給我，跟我說，如果我不喝，我會變得像枯樹枝一樣，被人撿去生火！每次他這麼一說，我就會拼命灌水，免得別人把我當成木材，趁我睡覺時把我撿走。接著，他把我放到床上，很大的一張床，隨便我怎麼躺、怎麼翻來覆去都可以，反正床大得很。他小心翼翼拉開蚊帳，免得把蚊子也關到裡頭去了。我要求他留下來，還要注意別讓蠍子或蜈蚣爬上來，穿過床單和蚊帳的縫隙到床上咬我。沙沙想得很周到，他把蚊帳緊緊塞進床墊下，這樣一來，即使是一隻螞蟻也爬不進去。

沙沙整天盯著我，照顧得無微不至，他負責看顧一個「白人小孩」，母親託付給他的任務，他可是看得很認眞。他就像個「嬤嬤」和保護人。他教了我很多我在法國永遠也學不到的事。比如說，怎麼知道花生成熟了沒、怎麼摘花生、怎麼在林子裡設陷阱捕刺豚鼠；怎麼在沼澤邊用穀粒引來野生珠雞（pintade）。每天早上，總有好幾百隻野生珠雞成群結隊來沼澤喝水，泡泡水消消暑。他教我怎麼由樹上撒下網子，常常就有三或四隻野生珠雞這樣被逮住。可憐的野生珠雞，翅膀被網洞勾住，拼命在掙扎。他叫我閉上眼睛，說雞兒靈魂上天堂的時刻，我不該看。我閉上眼睛，再偷偷睜開一點。可是沙沙知道我的把戲，他擋在我和野生珠雞中間，三兩下就把牠們的脖子扭斷，我根本都還沒注意到呢。我信任沙沙，他說的話我都信。他告訴我從史官樂手那裡聽來的事，他的父親甚至是祖父都聽過的事。那些事全來自史官樂手的記憶，打從很久很久以前開始，非洲村子的傳統啦、歷史啦，便透過史官樂手代代相傳。沙沙跟我說，野生珠雞可不笨，是上帝派牠們來的，把其中幾隻送給大家塡飽肚子。不然爲什麼每天早上，牠們都在相同的時候，出現在相同的地方呢？打從很久很久以前開始，野生珠雞數量就從沒少過。我張口結舌看著他，不明白，既然是同一個上帝，爲什麼母親每個禮拜天還得自己上市場買雞呢？非洲就是這樣的地方，大自然慷慨賜與，上帝寬厚仁慈。

每天早上十一點到下午四點間，不時會停個電，「這樣晚上的供電才會更順利」，塞內加爾電力公司負責人跟我們保證。那時還沒有冷氣，大吊扇在又濕又熱的房間呼呼運轉，吹來涼涼的風，規律的呼呼聲催眠著我，讓我沉沉睡去。沒有電的時候，電風扇怎麼也動不了，沙沙看我這個小主人，在床上翻來覆去，床單都被汗水弄濕了，得一直幫我換上乾床單。他隔天就替我找來椰子葉做成扇子，再牢牢繫在一根竹竿上，竹竿二端都綁上麻繩，固定在天花板上。一根繩子繞過天花板的滑輪，他拉扯著，扇子就上下晃動，吹動床上方的空氣。他坐在地上，將繩子套在拇指上，腳板前後晃動，扇子也跟著搖動，爲房間帶來徐徐涼風。沙沙也睡著了，只有他的腳還像分針一樣規律地擺動。現在的人怎能想像？一個白人小鬼頭午睡時，一個黑人不斷地拉著繩子，好替他搧風？不過在當年，這樣的事再也平常不過。即使經過了五十年，我現在都還相信，沙沙當時是快樂的。他的女主人，我的母親，給了他一份工作，以及一個僕人的最大責任——照顧她的小孩。她給他一份薪水，讓他可以養家，而他也受到良好的對待。

總是在最料不到的時候，電說停就停。在我們聽收音機的時候停電，尤其要讓父親破口大罵。因爲一到晚上，我們都坐在迴廊，等待父親小心翼翼將收音機捧到客廳的桌子上。這台機器，在白天都用布蓋著，好避免沾上灰塵。父親拉開布的樣子，就像底下有什麼聖骨一樣。這台收音機是我們晚上的娛樂。只有父親可以碰它的開關。它白天被收在櫃子裡，誰也不准亂碰。一到晚上，父親「虔誠地」捧起它，像捧著彌撒中的祭品似地。父親帶著它走出時，我們自動讓出一條路來。大家沉默不語，神情肅穆地看著父親打開電源。得等上一分鐘，燈泡才會亮起，大概需要先發熱一下吧。焦慮地等了一分鐘後，大家總算鬆了口氣，剛剛還怕燈泡是不是壞了呢。一陣劈啪聲宣告機器在運作了。父親像外科醫生在進行心臟手術一般小心謹慎，以拿著解剖刀似的靈巧動作轉動按鈕，一會兒後，就聽見劈哩啪啦的聲音，父親這下心滿意足地坐到藤椅上，大家一起聽著偵探故事啦，娛樂節目啦，還有西非總督府新聞局發送的地方新聞。每周三從馬賽出發的航空班機的抵達時間，或是每個月二次的船班時間，我們都會到港口去，因爲父母，尤其是母親，說什麼也不願錯過船隻到港的時刻，那時既能迎接初來乍到的同胞，也可以順便歡送調到他地的同袍。不過呢，對社交生活有限的母親而言，這是看看會交上哪些新朋友的機會。

我去看沙沙做的陷阱，今天早上抓到一隻刺豚鼠。沙沙告訴我，刺豚鼠非常好吃，所以我把牠交給廚子烹煮。不到中午，我就聽見母親對廚子大發雷霆，我還來不及開口說話，臉上就挨了二個耳光，讓我丈二金剛摸不著頭腦。母親沒法忍受廚房的鍋子裡出現一隻肥嘟嘟的老鼠！

到達非洲幾天以後，父親送給我們一台腳踏車。姐姐、哥哥和年紀最小的我要共用這台腳踏車！這腳踏車對我來說實在太大了。而且，這是給大男孩騎的車，車架非常高，我要跨過的時候，一隻腳不得不懸空。這是個危險的運動，膝蓋老是會擦傷。沙沙也不願我自己一個人去騎車。我只要一走近腳踏車，他就緊緊盯著我。

「沙沙，來幫我！」

他跑過來，幫我扶正腳踏車，我把一隻腳踏在踏板上，一手抓住他，好跨過車架。我勉勉強強把另一隻腳擺在踏板上。車墊太高了，我既坐不上去，也沒法維持平衡。沙沙接著對我說：

「準備好了嗎？」

「好了。不過我開始騎的時候，先不要放手哦。」

沙沙一隻手扶住車把，另一隻手扶著車墊往前走，讓我可以慢慢踩起踏板，加快速度。我叫他放手時，他就放開車子，讓我自己騎。一開始不是很順利，騎得歪歪斜斜、搖搖晃晃的，最後不是撞到樹幹就是掉進花生田。不過在我摔倒前，他會跑過來扶住腳踏車，注意不讓車子壓到我，也讓我摔在他身上，減低可能的傷害。我常回想起這些時刻。可以一口氣騎個十公尺都沒摔下車時，我會開心得大叫。當我受傷時，沙沙會跑來抱住我，帶我回屋裡去，用紅藥水清潔我的傷口。後來，我可以一邊用腳尖踩踏板，一邊保持平衡。沙沙只需要先替我扶住腳踏車，讓我跨坐上去。接著用手推車墊，替我加速。我一天要騎上好幾公里。沙沙跟著腳踏車跑，緊盯著我，隨著我騎車的速度，一下加快腳步，一下放慢腳步。當我想停車的時候，我會叫道：

「沙沙，我要停車！」

他一個箭步衝到我旁邊，二隻手緊緊握住車把，煞住腳踏車。我「安安心心」地下車，而他是「氣喘吁吁」。我們一起大笑著回家。

我常常回想起和沙沙共度的美妙光陰。沙沙，我回法國以後，你變得怎麼樣了？沙沙，我常常想起你，好喜歡你，你知道嗎？我想你現在已經上天堂了，你當然會上天堂——因爲，全心全意照顧像我這樣的小淘氣鬼，一定不是件容易的事。我現在才知道你的偉大。不管你現在人在哪裡，我想對你說，我這個「白人小孩」和你一起度過了難忘的時光，他要謝謝你帶給他的一切。拜你所賜，即使已經過了五十年，他還保有美妙的童年回憶。

小猴子「布布」和非洲生活

這天是七月五日，我哥哥的生日，他今天滿九歲。父母在家裡辦了個下午茶會，邀請同袍的小孩一起慶祝。大概一共有十五個小孩，十五個大人。我們的小僕人也都在場，他們合送給我哥哥一隻猴子，一隻紅色長尾巴的小獼猴。牠待在籠子裡，上頭蓋上布，免得曝光。小僕人把禮物送上桌的時候，我們看見籠子在動來動去。這讓我們有點害怕，緊緊黏在父母身上，擔心地問東問西。大家都看著我哥哥，要他掀開布看看，他開始哭起來。母親把哥哥抱在懷裡，走過去掀開布。眼前是一隻和我們一樣驚訝的小不點，毛絨絨一團，一雙驚訝的大眼睛疑惑地盯著我們。哥哥遞花生給牠。這隻小猴子一邊用手指靈活地剝掉花生殼，一邊盯著哥哥瞧。從這個時候起，他們就變得焦不離孟、孟不離焦。一直我們到回法國為止，因為猴子被留在非洲。

得替小猴子取個名字，哥哥叫他「布布」，因為牠每次吃香蕉的時候，會把香蕉含

一隻好小的猴子。

在嘴裡，樂不可支地發出「布布」、「布布」的聲音。嗯，至少在我們聽起來，像是「布布」這樣的發音。

在我童年的非洲生活中，讓我印象最深刻的鳥是禿鷲(charognard)。當時我還是個小孩，身高一百三十公分，而這隻鳥跟我一樣高，當牠一接近，我當然嚇壞了。不過牠並不會傷人，看牠那光禿禿的長脖子、有幾撮白毛的頭，實在醜得可以。幾十隻禿鷲會待在康康城菜市場的屋頂上，等候市集結束，然後張開二公尺長的大翅膀，撲到地上去，吃掉任何可以下肚的東西，替市場「清掃一番」。牠們可是幫了大忙，要是沒有牠們啊，攤販所留下的剩魚、剩肉，全會被曬到腐爛，幾小時後就臭氣沖天。有這些「天空清潔工」的清掃，到處都清潔溜溜。只消收收籠子就好。

午睡過後，大概在下午四點的時候，我會躲在花生田附近的一株大芒果樹後面。這裡是垃圾場，垃圾固定每週焚燒一次。這裡總有幾隻禿鷲在找廚餘吃。我拿著一根樹枝，一邊大叫，一邊跑向牠們。這些不會傷人的大鳥被我嚇得四處亂飛，不過牠們總得先跑個十公尺加速才飛得起來。要是有隻鳥動作慢，還沒飛走，我也不敢靠太近，因爲呢，老實說，我有點怕牠們。玩過好幾天的「驚嚇」遊戲，禿鷹好像都習慣了，再也提不起什麼勁飛走。也許牠們在心裡想：「那白人小不點又拿著樹枝來唬弄我們了！」所以我覺得很沒意思，而且母親也不准我在垃圾堆旁閒晃。沙沙捱了罵，母親說他太縱容我了，他不停地辯解：

「太太，我一直都盯著他啊！」

「沙沙，盯著他還不夠，得阻止他去做蠢事才行。」

父親出來調停這場爭論。每天黃昏一到，他都要我讀點書、寫寫作文和算數。我坐在他膝上，他要我背誦九九乘法表好幾百次：二二得四，三二得六，四二得八，最後九九得八一。這個八十一代表著我的課結束了。在晚餐以前，我還有時間去做些好玩的事呢。父親的課讓沙沙暫時可以休息一下。一整天當中，這是他唯一能夠喘口氣的時刻。

每天晚餐前，我會走到房子旁的林蔭大道底，那兒聳立了

吉貝樹，鳥兒的窩。

一棵巨大的吉貝樹（fromager）。在這棵樹上，聚集了幾百隻被稱作「Gendarme」、黑黃相間的小鳥。在我眼裡，這棵樹大得不得了，而實際上它也很大吧，每回跟沙沙玩捉迷藏的時候，我可以躲在樹幹的縫隙裡呢。每天晚上我會向小鳥們道晚安，每天早上，我會到樹下去撿從鳥巢掉下來的小鳥。牠們一定是做了惡夢，所以才會在睡覺時掉下來。我覺得好難過，我想救牠們，所以在一棵樹上蓋了座小房子，把鳥兒一隻一隻放進去，就像住進醫院一樣。

我掛上畫了紅十字的白布，告訴鳥兒這裡是牠們的醫院，可是一點用都沒有，鳥兒還是繼續從樹上跌下來。我把牠們放到小屋裡，給牠們水喝，餵牠們東西吃，可是根本沒有用，牠們還是一隻接著一隻死去。

沙沙對我說，從幾百隻小鳥當中掉下幾隻，是很正常的事，樹上的小鳥還是一樣多。不過我不明白，鳥媽媽怎麼不好好照顧寶寶呢。有一天，當我明白人類也會做出相同的事，孩子會因大人而受苦，我就失去了孩童的純眞。不過，一個八歲的孩子，有個溫暖舒適的家，生活得快快樂樂，他不會了解，別的地方不一定是這樣。

接待頭目的手杖

這天父親有訪客，這位訪客可不是隨隨便便一個客人，他接待的是村子頭目的手杖。

手杖？沒錯！

頭目的手杖就像國王的權杖，代表了社會地位。作爲頭目，身上一定帶了好幾樣東西：斧頭、遮陽傘、小凳子，還有手杖。手杖的作用可古怪了。每位頭目都得替自己找一支獨一無二的手杖，即便有一天手杖落到別人手中，也能讓人馬上一眼認出。

頭目沒法親自前來和父親會面，所以選了一樣貼身的東西做爲代表。父親愼重其事地接見攜帶手杖前來的使者。手杖被交到父親手上，父親握住它，一邊聽取使者的訊息，也就是手杖主人要使者轉達的話。父親要開口說話時，得把手杖交回使者手中，使者握住手杖後，父親才開口作答。

第二天我就削了根樹枝當自己的手杖。

從這天開始，我派沙沙傳達我要說的話。手杖成爲我這個人的象徵，有許許多多作用。

我聽說一位黑人朋友生病了，我派出手杖去問候他。

我想見某個人，我派人去找他，我的手杖就是允許他進入我家的通行證。

我的幾個法國朋友也有自己的手杖，我們習慣派出手杖互相問安。中午豔陽高照的時候，我們寧可派手杖出門，也不要親自到朋友家跑一趟。這支能承受驕陽烤曬的手杖，可是維持友誼的無價之寶呢。

註1史官樂手：在非洲內陸一種有特殊身份的重要人物，他是詩人、巫師與音樂家三位一體的人。

第三章 五十年後

今日的達卡城

「我們到了！」

朋友的聲音彷彿從遠方傳來，將我從回憶中拉出。

我還沒下車，一位男服務生就拿起我的行李，朋友帶我到房間去，由房間窗戶可俯瞰整個城市。

有些非洲的首都已經將過往的一切摧毀殆盡。象牙海岸的阿比尙(Abidjan)就是個典型的例子。這個金錢與商融中心，只管往未來看，將舊建築一概摧毀，築起玻璃帷幕大樓。位於首都雅穆索戈(Yamoussoukro)的大教堂，二十一世紀的大教堂，更是象牙海岸第一任總統胡夫耶(Felix Houphouet-Boigny)狂妄自大的表現。他想以羅馬聖彼得大教堂爲藍本，打造一間大教堂，比聖彼得教堂更龐大的一間！不過這位虔誠的天主教徒，隨即被教宗點醒，恢復理智，只照原樣建了比較小的一間。

達卡和其他非洲大城截然不同，它是個擁有靈魂的大都市。它沒有背絕過去，完整保存了老建築和殖民時代的街名，不過很可惜，維護工作做得並不好。達卡的大道依然有翠綠的老樹遮蔭，不像大部份的非洲城市，每十年就要砍樹來個大道拓寬工程。不過拜訪達卡，也得接受它的灰暗過去，以及西方人在葛雷島(Gorée)留下的苦難歷史。與達卡遙遙相對的葛雷島，是過去黑奴販賣的集散地。

塞內加爾代代出知識份子，比如塞內加爾的第一任總統桑果，無疑是所有非洲史官樂手中學識最爲淵博的一位。他擁有法國和塞內加爾雙重國籍，在他擔任眾議員和法國國務部長期間，被批評觀點太過「黑人」；在他擔任塞內加爾總統的二十年間，詆毀他的塞內加爾人，又認爲他的心態太過「白人」。他出身於塞內加爾某個少數民族，在人口百分之九十五是伊斯蘭教徒的這個國家，他敢於公開表明自己的天主教徒身份。他的法文說得流利非常，用字遣詞都追求完美到近乎偏執的地步。他比較適合當詩人，而不是政治家，他不懂給予塞內加爾人必要的激勵，同心協力將塞內加爾打造成現代化國家。

打開行李，淋個浴，喝口水，戴上太陽眼鏡和帽子，我準備好要去面對達卡的炎熱天氣。我想要重訪童年舊地，好好懷舊一番，我想先回到過去，再敲定接下來的計劃。啊！不對！我答應過自己，不再預作計畫，而要隨性所至。我抱持這樣的想法走出門。

對頭一次在達卡閒逛的觀光客來說，最教他們吃驚的是這裡的貧窮。眼前盡是悲慘景象。人們貧窮，街道滿目瘡痍，房屋破舊，成群的乞丐和殘障人士在十字路口乞討，貧窮無處不在。舉目所及都又髒又亂，小孩衣衫襤褸，街道、人行道、人和羊共居的屋子，一切都骯髒不堪。

不過殖民時代所建的屋子相當值得一看，因爲前來定居的僑民，有永久居留的打算，蓋房子時不惜巨資，建出來的屋子和法國本土不相上下。可以說塞內加爾是法國的翻版。

我搭計程車繞市中心一圈，市中心鋪展在大道兩旁（這也是唯一的一條大道）。這條大道是達卡城的聯外道路。市中心外的城市規畫做得亂七八糟，建築物毫不協調，一片亂象令人錯愕。在某些地區還可以見到殖民時代的美麗房屋，不過早已荒蕪。塞內加爾獨立以前，有養路工人負責維護還沒鋪上柏油的道路。乾季時，會有灑水車在街上來回灑水，好讓道路二旁的住戶不受灰塵侵擾。人行道乾乾淨淨，暢行無阻，林蔭大道旁有座椅供行人休憩。自從獨立以後，道路上滿目瘡痍，再也分不出馬路和人行道，排水溝成了垃圾堆，一下雨，就變成臭氣沖天的污水溝，污水全流入城裡的低窪地區。照塞內加爾人的想法，道路並不需要維護，養路工人也不需要做事。沒人想到要讓養路工人來維護道路的模樣。這不只牽涉到能力問題，而且是想像力、組織力，以及人力和物資的資源管理。這些能力，塞內加爾官員一概欠缺，只有到了競選連任的時候，他們才突然變得事事萬能！

道路兩旁遮陰的老樹。

計程車在紅燈前停下，胸前掛著空罐子的孩子來要錢。

「這些孩子無父無母嗎？」我問司機。

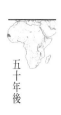

「大部份都有，不過這些孩子是神學士。」

「神學士？」

「穆斯林大隱士【註1】的弟子。這些孩子得帶回足夠的金錢和食物，不然會遭責罵和毒打。」

「既然是可蘭經學校的學生，應該去上學，不須事事聽命於大隱士吧。」

「是沒錯，不過神學士就是弟子。弟子這個字可以有好幾個意思。神學士的第一條守則，就是完全服從大隱士，絕對信任大隱士。」

我對達卡的第一印象：以宗教之名，什麼事做不出來？

伊斯蘭教大隱士以教導謀生爲藉口，剝削這些孩子；這些弟子們替大隱士討錢，順便討一些食物給自己，什麼都討不到時就會遭到處罰，有時是體罰。

神通廣大的魔術師

我在市中心可麥市場附近下了車，好跟小販有近距離的接觸。街上似乎瀰漫著危險氣氛，一個小販來跟我搭訕，不斷跟我推銷東西。他說我看起來很親切（每個外國人都很親切，因爲他們有錢！），他堅持要跟我握手（不握的話，我們就被認定有種族歧視），接著來了第二個人，咧開一口白牙笑著，跟我攀談起來。他友善地摟住我的肩膀。接著二、三個男孩也靠過來，我開始感到神經緊張。太遲啦，我的東西剛被扒走！我想，若不是錢包要不就是護照吧，要不然就是照相機或太陽眼鏡。這些人眞是神通廣大的魔術師！

第二印象：爲了錢，什麼事做不出來？

疲憊不堪的我，回到大使館找朋友。糟透了，我發現自己掉了護照，不到十分鐘前才在銀行換來的當地貨幣，也全數被摸走。

聽過我悲慘的遭遇，朋友說話了：不該在達卡閒逛，不該讓自己看起來像迷路，不該一副觀光客的樣子，不該這、不該那——也許我根本不該來塞內加爾！我不是在安全無虞的台北，這些人不像台灣人那樣誠懇、熱心助人。

就在我塡寫申請單，好辦張臨時護照的時候，一個法國人正跟辦事員講述自己剛剛才在機場遇到的不快（眞實事件，這位當事人還是來法國大使館出差的！）：

「在機場裡，我看到一個人手中揮舞著寫有我名字的板子，和其他來接機的人沒有兩樣。我自然以爲他就是大使館派來的人。事實上，那傢伙是個騙子，他在外頭瞧見我的名字，匆匆拿塊板子寫上，再透過內應，進到只有搬運工能進出的管制區。他非常親切地帶我到側門，告訴我車子就停在停車場。就在這時，警察指揮交通的哨音，吸引了我的注意，我驚訝地發現，眼前有另一個非洲人，也舉著寫有我名字的板子。待我回過神來，那個假冒的司機已經拿著我的行李溜之大吉。要是我沒因爲聽見哨音而分心，一定不會發現不對勁，乖乖跟他到停車場去。除了行李，他可能也會搶走錢、信用卡和護照吧，也許最後會饒我一命？」

這位同胞的悲慘遭遇教我目瞪口呆，我幾乎要慶幸自己只是掉了護照和一點錢！

所以呢，塞內加爾人都是神通廣大的魔術師。他們最大的特徵就是靈巧，教人禁不住要懷疑他們是不是像希臘神話裡的七頭蛇一樣，擁有隱形的手。他們也像七頭蛇一樣靈活，他們那些纖細優雅的修長手指，和我們的手大不相同。也許他們比我們多了個染色體吧。只要言語和動作相互配合，他們大可神不知鬼不覺地摸走所有東西。

塞內加爾人身手之靈活，遠遠超過其他非洲國家的人。不論他們做什麼事，都會施用體力和詭計。所以呢，摔角會成爲塞內加爾的國家運動，一點也不令人驚訝。根植於塞內加爾人日常生活的這項體育活動，有形形色色的比賽方式。在重大慶典、割禮或收割季的時候，各村落間總會舉行對抗賽。在塞內加爾河的山谷裡，特技摔角尤其盛行，動作包括一連串危險的跳躍和旋轉。總之呢，無所不用其極，就要將敵手狠狠扔到地上、打垮他。

不過摔角不僅僅是個運動，它展現了塞內加爾人的日常生活樣貌，有時更透露出這個社會的基礎：村落或家庭間的衝突、嫉妒和敵意，全在這個正當的對立中獲得舒解。不過，不該只去欣賞摔角手的力量和敏捷度。摔角手的聲名，也跟他的勇氣、幽默感和大膽息息相關——而這些特質全用來對付觀光客了。日常生活的種種現實面，讓我認爲，摔角手的比賽場地不僅限於競技場吧，還擴張到街頭、機場、火車站、市場等等，觀光客出入的公共場所。我們觀光客被迫納入這場狩獵，而獵人不是我們！

每場摔角前，選手在鼓聲伴奏下，向觀眾打招呼和致詞。選手的身心狀態和力氣都是觀眾評斷的標準，好選擇支持的一方。選手戴著護身符，一方面用來保護自己，一方面用來詛咒對手。都市化以後，摔角賽並沒有隨之消失，而是經過改良，好適應新的生活形態。而我擔心，摔角這項國粹早已擴張到別的領域去了！

塞內加爾摔角起初是強調選手靈敏度、力氣和智慧的一項運動。如今，金錢已經涉入摔角比賽，總有大筆資金投入其中。不同種族、地區或只是不同住宅區的選手，各自有贊助人。暴力也被「合法化」，幾年前開始，打人已不算違規，選手可以用拳頭擊倒對手。媒體也大幅報導摔角賽，如此一來，正好是選手代表的那些民族或地區的民眾獲得自我肯定的機會。他們平日哪有機會這樣表現一番呢。啊，對付觀光客的那些招數就另當別論。

所以啊，離開法國領事館的時候，我的戒心更重，完全避免與當地人有任何接觸。

尋找非洲朋友

隔天經過一番激烈的討價還價，我搭上計程車，到達卡五十公里外的「小海岸」去。「小海岸」是達卡南方的海灘渡假勝地。小海岸林立的各家旅館，唯一要務就是讓西方遊客感覺身在異國，他們付錢住宿就是爲了這個目的。我也預約了其中的一間。不過，旅館裡清一色都是西方觀光客，居住其中的西方旅客，眞的會感覺身在他鄉嗎？我不這麼認爲。不過，我可不是來這裡找尋異國情調，我是來找「我的非洲朋友」。在巴黎時他跟我說過，他替堂姐工作，那位堂姐在「猴麵包樹」旅館開了家店。猴麵包樹旅館就是附設有大游泳池的那種旅館，西方人可以聚在一起曬曬太陽啦、看看秀啦、做做運動啦、在酒吧裡喝個開胃酒啦，睡覺前還可以看衛星直播的法國電視節目。異國情調棒歸棒，犯不著多到這種地步吧！

計程車離開達卡，開上通往南方的沿海道路，唯一鋪上柏油的一條道路。穿越過荊棘叢生的幾條泥土路，我們來到一個村落，它的樣貌似乎打從遠古時代就不曾改變。土牆茅草屋頂，其中幾間的屋頂上竟然裝了衛星天線。現代與過去的這番交會，想必是拜編織手工業之賜——讓許多偏僻村落賴以維生的編織手工業。在這個村子裡，常見的乾旱和隨之而來的饑荒，似乎不再左右許多家庭的未來，他們的生計，拜這門手工業之賜，獲得保障。

細長的洋槐樹下，女人們忙著製作像面頰一樣圓鼓鼓的籃子、簍子，她們不斷扭著、編著一支支的稻桿，再用彩色尼龍繩綁起。在城市裡，這些尼龍繩也會被用來編織蓆子，由機器大量產的蓆子。

村子旁聳立了幾棵巨大的猴麵包樹。猴麵包樹是塞內加爾的代表樹木。它無所不在，是這個國家的象徵，也是各種想像傳說的根源。樹木之王，王者之樹，它龐大的樹根能長到直徑八公尺寬，短短的枝葉就像是盤根錯結的根，在這個充滿傳說的國度裡，讓大家禁不住會相信，是魔鬼把樹一株一株倒種了呢。

這種樹產的果實叫「猴麵包果」，種子被包在果肉裡，粉質的果肉可以食用。塞內加爾人拿它的果皮來做繩子，樹葉拿來食用。較不爲人知的是，這種樹美麗的花朵在雨季初期開花，一朵朵像是潔白無暇的高腳杯，打過蠟一般閃閃發亮。花朵只綻放一夜，隔天晚上一到便告凋謝。

猴麵包樹還藏有別的秘密。根據一些傳說，只有猴麵包老樹，沒有幼樹？也許塞內加爾人都讀過聖修伯里的《小王子》。書中說，趁著還能從玫瑰叢中分辨出猴麵包樹的時候，就該將它斬草除根，猴麵包幼樹和玫瑰花幾可亂眞【註2】，不過猴麵包樹的幼苗，事實上長得更像蘭花，在塞內加爾境內到處可見的蘭花。猴麵包樹的嫩枝又柔軟又綠，像是草本植物，樹齡稍大以後，樹苗就變硬，長得筆直。猴麵包幼樹在乾季的時候，不會像「成人樹」一樣會掉葉子。長成老樹後，可以起碼活個二千年，不過還是沒著名的瑪土沙拉樹（Math-usalem）活得那樣久（長在加州的這株榛果樹，據估有四千九百歲）。不過總有一天，樹內的組織會壞死，樹幹變空心，樹木就此一命嗚呼。

某一天，死去的樹也許會被暴風雨捲倒在地，看來就像一個大敞的洞穴，陰暗且神秘。

傳奇的猴麵包樹，也是古老的墓園，樹幹的洞埋藏著史官樂手的遺骨。這些讓人又敬又畏的吟唱詩

在這個充滿傳奇的國度裡，讓大家禁不住會相信，是魔鬼把樹一株株倒種了呢。因為樹枝像極了樹根。

人，根據傳統，不能被埋到土裡。所以，走過一棵死去的猴麵包果樹時，要是聽到單調的葛老旋律【註3】，不要驚訝，好好聽著，任憑想像力奔馳，享受這個時刻，因爲一位老人的靈魂也許在此徘徊，用音樂逗你開心。

來到「猴麵包樹」旅館，曬完太陽、看完表演、在酒吧淺嚐一杯，我到一樓的商店街閒蕩。一間美髮院裡，二個美髮師正忙著替二位「巴黎女人」編辮子。等她們回到法國，這個髮型一定會讓她們的朋友笑死，不過，這也代表她們在塞內加爾可玩得很開心。接著是不可免俗的明信片店、郵票店。這裡的郵票一張比一張鮮豔，讓我們法國的瑪麗安郵票（法國紅色郵票上代表法國自由精神的女人頭像）看了，可要慚愧地紅了臉（不過哩，她早就是一張紅臉！）。最後還有賣非洲各種小玩意的商店，俗麗和壞品味的殿堂。老闆娘正跟一個阿爾薩斯（Alsace）客人（由口音可以辨識）保證，她試穿的那件棉紗薄長袍，和她相配得不得了！我想像，一個星期後，在氣溫十度以下接近零度的寒冷二月天裡，這位勇敢的阿爾薩斯女人，穿著棉紗薄長袍走在史特拉斯堡（Strasbourg）或科馬（Colmar）街頭（兩個法國北部阿爾薩斯省的城市）的樣子。老闆娘的建議讓客人很開心，最後理所當然買了長袍，一番討價還價後，生意做成了。趁店裡這會沒有客人，我走進去，劈頭就問她是不是有個堂弟在巴黎賣手工藝品。

「有，我的二個堂弟都在巴黎，你要見哪一個？」

「我不記得他的名字。」

「是嗎？反正他們在一起工作，你可以去沙灘上找他們，就在箭魚俱樂部旁邊。」

「箭魚俱樂部？」

「嗯，遠洋捕魚人俱樂部。你可以在沙灘上找到他們，他們是嚮導，賣手工藝品，也提供出海或遊玩行程，反正觀光客想要的東西，他們都有！」

她說得有道理，窮人爲了謀生，販賣富人需要的一切東西。我當時還不知道，到時還有一堆驚奇等著我。

我搭上計程車，至少，塞內加爾人是這麼稱呼這些或黑或黃的「流動報廢物」。不過我們還是安然無恙地被送到目的地。箭魚俱樂部旁的沙灘上，幾十個非洲人站在那，向走出俱樂部的觀光客兜售東西。那裡活像個「西方人保護區」！對大部份的觀光客來說，這過程好似冒險。甚至對某些人來說，簡直是走出伊甸園去狩獵。因爲他們和非洲的唯一接觸，只有旅館裡送椰子水的侍者，剛剖開的椰子殼上還插著木槿花。

才剛下計程車，幾十雙眼睛向我們掃射而來，估量我們有何貴幹。

要在達卡或「小海岸」沙灘散個步簡直難如登天。才想邁開雙腿，馬上有非洲人來搭訕。

這些非洲人啊，總是還沒看到人就先聞其聲，接下來突然就蹦到眼前，像是從地上冒出來的一樣！所以幾分鐘後，當我聽到背後傳來一句「日安，你好嗎？」我一點也不驚訝。

打招呼是塞內加爾日常生活的儀式。通常是這麼開始：

「日安」，緊接著一定是「你好嗎？」——即便對方是個陌生人。再來是諸如「我很好，那你好不好？」之類的回應，最後以「我很好，謝謝」作結。不過問候還沒完呢，「家人好嗎？」「老么好嗎？」（一定會有個老么，因爲塞內加爾家庭的小孩多！）還有「生意好嗎？」（生意通常不會好，可還是得回答「好的很！」）「你的身體好嗎？」（即使都快翹辮子了，也要回答「好得很！」）

不習慣塞內加爾習俗的我，沒有回答。對方感到驚訝，問我會不會說法文。我不巧點了頭，他說了：

「你不跟我說日安嗎？」

「嗯，日安。」

「我以爲你有種族歧視哩。」

「我有種族歧視？有的話，就不會來塞內加爾了。」

「是哦。你知道我們體內的血可都是紅的。」

我心想，我會來塞內加爾，可不是爲了質疑塞內加爾人血液的顏色。我不明白塞內加爾人和白人說話時這種下意識的挑釁態度。我還來不及答話，他就說道：

「上帝在白天造了白人，在夜裡造了黑人。」

我開懷大笑，心想上帝的工作一定是太多啦！造人的時候，還得不時面對手藝的考驗。我沒說出我的想法，他不見得和我有相同的幽默感。

塞內加爾人跟你講話，是自顧自地滔滔不絕，非得要賣出些東西，否則絕不善罷甘休。通常都是些替餐廳或商店拉客的掮客，老是要跟你大力推薦什麼。一如以往，我得用堅定的口氣說道：

「謝謝，我不要！聽懂沒？」

這時候，塞內加爾人會老大不高興，轉身走開，可是另一個人馬上纏了上來，用相同的開場白！「土巴布」(toubab)是對白人的一般稱呼，不過，看非洲人對待白人的方式，這個字看樣子有第二個意思：「有腿的錢包」和「能夠挖翻的口袋」。在塞內加爾，這個道理別有意義，孩童們對你開口說的第一句話是「禮物」和「錢」，而是不是傳統的問候語：「日安，你好嗎？」

這時我聽見一個響亮的聲音：

「主人，你在這裡幹嘛？」

這一句話終結了周遭小販的推銷攻勢。

我剛聽到我的「非洲朋友」在叫我！他走近我，以保護者的姿態推開要靠近我的人，讓大家明白我是他的「白人朋友」。

「生意如何？」

他以微笑做爲回答。

「你是來出差的嗎？」

「不是，我來渡假。」

「啊？」

一群人已經圍在我們四周。我是大夥的目光焦點，每個人不發一語聽我講話。這個「白佬」是何方神聖啊？

「我還不曉得你的名字呢，你叫什麼？」

「瑪瑪都(Mamadou)。」

「你呢？」

「路易。」

「路易十四那個路易？」

我大笑出聲。「沒錯。你讀過法國歷史？」

「讀了一點。我家在聖路易附近的村子，我上過學。」

「瑪瑪都，我正好在找嚮導，帶我參觀塞內加爾、聖路易和塞內加爾河。你可以替我找個可靠的人嗎？」

「我啊。」他毫不遲疑地回答。「我對自己的國家瞭若指掌，我上過學讀過書，很明白『我們的祖先不是高盧人』【註4】。」

我們倆爆笑出聲，四周的聽眾不曉得我們爲何而笑，可是也被我們感染似地笑開了。

我和非洲嚮導約了明天碰面，討論合作事宜。瑪瑪都的社會階級剛剛向上爬升了一層。

嚮導瑪瑪都

瑪瑪都等在旅館櫃台，他一身潔白的長袍，讓我對他另眼相看。

「主人，你早。」

「瑪瑪都，你早。你這身袍子眞炫。」我回答。（我心想，改天該跟他談談「主人」這個他強加給我的稱呼。）

「謝謝。我是黑鬼子傳統的擁護者，一有機會就要表現。」

「是嗎？」我目瞪口呆，忍不住要提醒他，「黑鬼子」這字眼讓人想起殖民地時代，那是對黑人種族的輕蔑稱呼。

「是啊。不過黑鬼子性格，也就是在適應外來文化的過程中，還願意維持非洲自身的傳統。」

這位小販顯然學識淵博。

「讓我告訴你我在塞內加爾的計畫。」

「主人，沒問題！」

他跟我們到酒吧裡，我和他點了二杯橘子汽水。他是滴酒不沾的「乖乖」伊斯蘭教教徒，我呢，是爲了控制熱量的攝取。不然我倒想喝啤酒，而不是這杯來源可疑的橘子汽水。

「我在巴黎跟你提過，我和父母親在非洲住過。」

「對，我還記得。」

「我來塞內加爾舊地重遊，拾回童年記憶。不過，我也想看看現代的塞內加爾。第一天剛到這裡，我就有所心得。」

「是哦？什麼事？」

「我的東西被偷了！」

瑪瑪都不發一語，我懷疑這對他來說根本不是什麼新聞。

「是嗎？」

「塞內加爾人爲什麼這樣對待西方人？又偷又搶的？」

「那麼西方人又如何？白人代表了財富和權力。這十年來，整個世界都操控在你們手裡，將它變成一個龐大的遊樂中心。那不是我們的世界。你們文化的重心就是娛樂，無盡的消費和作樂。媒體塑造出一個安逸世界的形象，你們聽不到也看不見這個安逸世界外的問題：貧窮、饑荒、疾病和戰爭。透過大眾傳播工具：電視、收音機和報紙，我們經驗了你們的生活，所以更加感受生活水平的落差。我們感覺自己是邊緣人，不免感到怨恨、辛酸和挫敗。因為每天發生的一切一再證明，在這場規模龐大的消費競賽中，並沒有我們的容身之處。」

我沉默了。這個被我認定是文盲的小販，口才便給，用字遣詞都恰如其份，善用語調的抑揚頓挫。他是何方神聖？這樣能說善道？

「再加上文化的衝擊。所有的非洲國家，我們這個被邊緣化的世界，一再試著敲開你們那個世界的大門。」

我必須有所回應。我不能任憑自己被這個小販修理。

「沒錯。不過其他處於邊緣的國家都發展起來了，其中幾個國家的經濟成就還超越了西方國家。有些比你們還貧窮的亞洲國家，花了不到五十年的時間就富裕起來。他們成功的關鍵是：工作意願、寬容的宗教、有撫養能力時才生小孩！而你們呢？你們希望吸引外匯，但對待前來消費外幣的白人，是怎麼對待的？一些觀光勝地如喬斐度，很不幸就惡名昭彰。具攻擊性的糾纏騷擾，觀光客的手被緊緊抓住，直到他掏出錢來購買或厲聲拒絕才肯鬆手。不斷加諸在外國觀光客的壓力，屬於塞內加爾的傳統？塞內加爾政府沒辦法採取必要措施，爲國家帶來財富嗎？而不是用『無所謂主義』和無能來毀掉這個國家？」

雖然發生了一些不快，我還是想參觀這個國家。所以我調整呼吸，改用和緩的語調對他說：

「我想和你的同胞聊聊，透過這個國家的人，去認識這個國家。」

「很遺憾你在達卡碰上這等壞事。我會用我的方式，帶你參觀達卡。」

「好，沒問題，我會跟著你！」

說做就做，我們離開旅館的酒吧。就在我們到達獨立廣場時，瑪瑪都遇見一位大學同學。他和這人顯然已經許久沒見。在十來遍「你好嗎」、「你家人好嗎」等沒完沒了的問候後，我們決定到咖啡館去繼續這個有趣的談話，聽聽大夥的健康狀況。

塞內加爾的大學生

塞內加爾人和法國人一樣，喜歡爲政治事件啊、本地新聞啊爭論不休，要不就是爲日常生活的大小瑣事吵吵鬧鬧。法國人可以在塞內加爾人身上找到相同的性格，尤其是好批評和嘲諷這兩項。

我一直很喜歡跟不同領域、不同種族的學生聊天。我在旅行時，和摩洛哥學生、非洲學生都聊過，甚至還有參加過天安門事件的北京學生。和學生們聊天，讓我就像泡了青春之泉，重返年少時光。

喀梅爾酒吧的裝潢，還保留著殖民地時代的樣貌，彷彿時光在此停滯不前。瑪瑪都和朋友回顧大學歲月，藉此發洩這些年來對國內政治、教育制度的不滿。可談的事太多了。當話題轉到大學畢業生的能力，我十分驚訝。

不管孩子本身資質如何，父母親無法容忍孩子學業失敗或就此輟學。如果孩子因學業成績太糟糕或是年齡問題，被公立學校踢出來，他們會替孩子註冊私立學校。這些學校對孩子的資質要求沒那麼高。在留級過二或三次後，私立學校會篡改孩子的年齡，所以孩子能再次申請註冊公立學校。就是這樣的不屈不撓加上賄賂，讓一些還不到國中程度的學生，能就讀大專。只有沒錢付學費的父母，才會讓眼睜睜讓孩子學業受挫。

殖民地時代的教育不是這樣。監考官是法國人，不是當地人，沒有親朋好友來關說遊說。監考官不管考試的人來自鄉村或城市，不管他們的父母是貧是富，是達官顯要、工人、鄉下人或公務人員，不管他們隸屬哪個種族。只有一件事被列入考慮，那便是學生的能力能否通過測驗。考卷來自法國，學生們在塞內加爾應試，不過考卷以完全不具名的方式被送回法國審閱。由法國殖民當局培育出的學生，和法國學生具有相等的實力。不過自從非洲國家獨立後，就不復從前。

謊報年齡還有考試時行賄，讓許許多多的學生順利畢業，也造就「不成材」和「不負責任」的主管。

瑪瑪都的朋友是大學畢業生，卻不大會說法文。一位塞內加爾的大學生只會說當地語言？他如果不懂任何國際語言，要如何跟其他國家的大學生溝通？

談過當地大學生的能力後，我轉到別的話題。

「我想參觀葛雷島。」

「葛雷島？白人或黑人都不該去那裡。塞內加爾不只黑奴販賣啊。爲什麼要談這回事呢？」

「當然要談。如此一來，現在的人和後代子孫才能知古鑑今。在西方的文化裡，我們不厭其煩地談納粹和集中營，免得這段歷史被人遺忘。我相信歷史的殷鑑能避免悲劇再度發生。唯一喚起大家意識的方式，就是一談再談。得瞭解過去發生的一切，而不是說『我不知道』。因爲每個人有必要知道，每個人也都有知的權利。所以我才來到非洲。我想知道，想看，想說，想記錄一切。」

「我們明天就去。你會看見，到時我們再談。」他說道。

註1大隱士(marabout)：非洲伊斯蘭教中，一種綜合了阿拉伯伊斯蘭世界的神學士與非洲巫師身份的人，只存在於非洲的伊斯蘭教。

註2《小王子》一書中稱猴麵包樹(baobab)爲「巴奧巴比巨樹」。書中說「它遍佈整個星球，樹根會在球體各處鑽洞」，「你一定要按時拔掉所有的巴奧巴比樹，它的秧苗早期和玫瑰樹很像，等你一分辨出來，立刻動手。」

註3葛老旋律(griot)：一種有樂器伴奏的古老朗誦方式，在古代，貴族們常於宴會時請史官樂師表演助興，朗誦的內容都是一些史詩故事。

註4法國殖民時代的塞內加爾學校，上課所用的歷史課本與法國人讀的課本是一模一樣的，都寫著我們的祖先是「高盧人」。

第四章 黑奴，觀光潮，葛雷島

黑奴歷史上的重要地位

乘坐小艇，經過二十多分鐘後可到達葛雷島，這段船程可以讓我忘懷在達卡的不快嗎？我就像所有初次到訪的人一樣，驀地就被這個島嶼的性格所震懾住，馬上就感覺這個地方背負著歷史，非常沉重的歷史。

在出發前，我當然搜集了黑奴制度的資料，補充一些知識。事實上，葛雷島代表歐洲自一四四四年以來的歷史。

對非洲沿海的居民來說，這座島毫無可利用價值，因爲島嶼是火山岩構成，土地貧瘠，沒有水源，只有漁夫偶然會路過。牛角麵包般的海岸形狀，易於防守，還位在佛得角(Cap Vert)的下風處，對歐洲列強而言，葛雷島是個戰略性的停靠港，它的水深，正好可供船隻下錨。「葛雷」（Gorée）一名，便是來自荷蘭語「Goede Reede」，好錨地的意思。

葛雷島面臨了歐洲列強的你爭我奪。十八世紀末以前，它一下隸屬於葡萄牙，一下屬於荷蘭，在一六七七年成爲法國屬地，十八世紀時，甚至四次被納入英國領土。除了政治和商業價值，葛雷島還成爲黑奴販賣轉運的集中營。這個迷你小島的

牛角麵包般的海岸形狀，易於防守。

人口，從十七世紀末的五十人，在不到四十年的時間，暴增到六千人以上。

小艇靠岸後，我們訝異地發現，這個離喧囂首都不過二十分鐘船程的小島，是何等地美麗。葛雷島像珠寶一樣璀璨。古老的屋宇，花團錦簇的庭院和陽台，陰涼的迴廊，在一片靜謐中打盹。島上的陽台或私人花園都相當容易接近，不時映入眼簾，不然也只消瞧進半掩的門後。空氣甜美，心靈也在這兒獲得休憩，史官樂手撥著他的卡拉琴【註1】，吟唱著小夜曲。

不過，葛雷島保留了歷史的苦澀。「屋牆染上我的鮮血」，一位叫查理．卡內的人這麼寫道。陰暗的囚室、被送往新大陸的奴隸流下的眼淚，無法被遺忘。

新世界的甘蔗和棉花種植，造就了怎樣的暴行？怎樣深沉的痛

古老的屋宇，花團錦簇的庭院和陽台，陰涼的迴廊，在一片靜謐中打盹。

苦？

如今的葛雷島和過去和解，風情萬種地歡迎來客到訪。絡繹不絕的人潮參觀奴隸屋和陰暗的囚房，堡壘被改爲博物館。昔日的地下碉堡被當地畫家改爲畫室。廢棄的砲台成爲休憩用的座椅。這是塞內加爾政府想爲葛雷島塑造的形象，懷舊的形象，也是將葛雷島列爲世界文化遺產的聯合國想要的形象。

重建計畫不少。面對大海、美侖美奐的舊總督府，等塞內加爾政府的許可一下來，就要被改建成豪華旅館，不論是建築結構和外觀都將維持原樣。根據總督府前的告示牌，資金來自美國，許可申請已在好幾年前提出。現在這棟豪邸裡只住著幾頭綿羊。

以生育換取金錢的買賣

自八〇年代以來，歐美國家便有系統蒐集、整理和黑奴制度相關的資料，讓學者能對黑奴販賣再做詮釋，也許是推翻，也許是印證以往的觀點。

我問瑪瑪都：

「過去的黑奴制度，讓你憎恨西方人嗎？」

「不，三千年以來，征服黑人種族的國家全都有責任。弱肉強食，我的種族也許就是比別的種族弱。」

我說：「這不是在煽風點火，激化非洲阿拉伯人和黑人的關係，不過不得不承認，即使已經到了二十世紀末，黑奴販賣還是存在於鄰近的一些國家，像是蘇丹和茅利塔尼亞。聯合國賣力在贖回這些奴隸。比如被埃及人俘虜的蘇丹人，以一個人五十美金的代價贖回。」

瑪瑪都說：「是，我知道這件事，我和你一樣也會看電視新聞。從古到今，一切如昔。現在沒有人能夠說：『我沒聽說過這回事。』一個非洲黑人的自由值五十美金！」他一字一句地強調：「五十美金，買賣一個人的價錢，五十美金，一條命的代價！」

我說：「即使到了二十一世紀，黑人國家裡還是存在著人口販賣。一直到現在，我都認爲，非洲是被西方人和阿拉伯人榨乾了。我接受過天主教教育，身爲一個天主教徒，我像承擔原罪一樣，承擔這個錯誤的良心折磨。可是，現在連你們都會販賣親身骨肉，我該做何感想？母親藉口小孩有十六、十七個之多，賣掉其中六、七個來養活其他人？貧窮不是藉口，相信生的孩子越多，就越能賺錢養家，這是虛幻、不負責任的想

法。生孩子來賺錢，這件事能讓我作何感想？」

我馬上就發現，如果繼續和瑪瑪都辯論下去，我們的對話恐怕會變質。我倆的文化背景大不相同，我沒法跟他說，在三〇年代，我的母親和一些助產士，花了好幾年光陰，在非洲各地奔波，深入叢林，教育大家生孩子不只是自然的動物行爲，養育孩子是項責任。她們拜訪一個又一個村落，向穆斯林大隱士費盡唇舌，要他們接受西方醫學和基本衛生觀念，好讓孩子們有機會存活下來。在衛生所裡，她們也努力宣傳。她們華路藍縷，一步步耕耘，但是七十年後的今天呢？一代又一代重複的錯誤，和殺嬰沒有兩樣的生產行爲，要到

何時才會停止呢？

孩子一個接一個出世，還在襁褓中就以低於十六歐元的價錢被賣出，再以高二十倍的價錢轉賣給有需要的人。富裕的非洲人訂購這些孩子，就像在郵購目錄上訂購玩具一樣。不過，這個「玩具」不是買來玩的。這個玩具得帶來收益才成。這麼小的孩子什麼也不會，他唯一要學會的是如何服從。年紀大些的「玩具」就懂得逃跑，路上常見這些潛逃在外的黑人，到處流浪、流離失所也比當傭人來的好。不過更小的孩子就不再記得自己的語言、名字，忘掉自己出身的種族、國家。他不會逃跑，不知道有家可回，所以他留下來，除了工作外還是工作。接著他會像商品一樣，一再待價而沽，轉好幾手主人。孩子長大成人前，一再被利用剝削，年齡一大就被拋棄在街頭。幸運的人會回到故鄉，生下自己的孩子，但是輪到他們把孩子賣掉來維生。

雖然祖先犯下的錯誤讓我耿耿於懷，但同時我得指出——現代的人口販子都是非洲人。所有的非洲國家都脫離殖民統治獨立了。一些富裕的非洲國家仍公開表示販賣兒童並非不合法。並非不合法，那便是合法囉？所以販賣人口是合法的事！指責非洲窮國販賣孩子的非洲富國大概忘了，有需求才有供應。

這樣的行爲當然不是收養、過繼，而是深植於文化傳統的孩童買賣。窮人將孩子送到富人家，由他們負責撫養、教育、供應衣食所需，在非洲是很平常的事。這些孩子以幫助家務啦，工作啦來作爲交換，報答養育之恩。非洲窮國政府不覺得這行爲有任何不當之處，還相信對孩子好處多多，可以藉此接受更好的教育。沒錯，對接待家庭來說，還眞是好處多多，畢竟花不了幾毛錢就得到言聽計從的僕人。

自從非洲國家獨立以來，這等行爲更加普及。孩子不再是被送到富有人家，大部份都被送到陌生人的家。獨立加深了非洲各國間的鴻溝。擁有重要天然資源的國家如剛果，亟需來自貧國，比如西非的貝寧、

這個蔓草橫生的廢墟，是以前的奴隸屋，非洲今日仍在販賣小孩的人該來參觀，讓他們明白祖先是怎麼過活的。

塞內加爾、馬利或是多哥的人工。貧國唯一能任意運用的資源是孩子。孩子成了貨眞價實的商品，像商品一樣被外銷出去。人口販子到村子去收購，一個孩子可能値幾百塊錢（還不到十五歐元），再被送到富有家庭去工作。父母和孩子就此分離，他們認爲小孩在別的地方會有更好的生活，他們也不會在乎那將是什麼樣的生活。文盲和未開化是非洲的首要禍害。販賣孩童的文化比乾旱要帶來更大的災害。

當務之急，當權者、立法者的心態不該有所改變嗎？二〇〇一年，剛果才準備立法禁止販賣孩童？而這個政府成員的家裡，還有外國童工在打掃、作菜、洗衣、整理花園，做許許多多其他的家務。

三十幾位國家首領、百餘位部長，還有來自一百九十四個國家、超過一萬名的議員，出席了在南非德班市舉行的聯合國第三屆反種族歧視大會。非洲國家現在怎還能要求西方人，爲一百五十年前實行的黑奴制度付出賠償金？再說這些非洲國家之間還盛行奴隸販賣，完全不受制裁？非洲每一年還有二十萬個小孩被當作商品販賣。在昔日的西方奴隸販子國和現在的非洲奴隸販子國之間會爆發論戰，一點也不教人驚訝。

在這次的會議裡，針對黑奴販賣和奴隸制度的艱鉅談判中，抱歉、遺憾和難過是屢見不鮮的用詞。可是非洲國家期待西方國家怎麼做呢？「抱歉」，這個充滿政治意味的語彙，依非洲國家的理解，代表「出於抱歉而做出賠償」，要求爲一百五十年前的奴隸制度提供金錢賠償。

二千多年以來種族大屠殺中，難以計數的受害者，怎不替他們要求賠償？那些在羅馬競技場上被獅子吞噬的基督徒，還有因美國西部拓荒慘死的印地安人呢？

每一次審判納粹主義份子（在第二次世界大戰期間，有幾百萬的受害者），對西方人而言，都是反省和思考的機會，回顧歷史、回想過去不幸的機會（種族歧視和集中營）。另外，也是對目前還存在的種族歧視、種族隔離現象，進行反省的機會。不過，非洲的問題大不相同，奴隸制度將非洲的現在和過去緊緊串連在一起。

北半球國家和南半球國家碰了面，該坐下來好好談一談。卻是雞同鴨講。連非洲人都不來質疑奴隸制度，那麼我一個法國人，有辦法回答相關的問題嗎？非洲貧國和富國並沒有廢止奴隸買賣，繼續販賣黑奴。沒有法條來懲治人口販子。小孩一個接一個出世，一斷奶，就被賣給需要的人！

葛雷島與黑奴販賣的淵源

身在葛雷島這個在黑奴歷史上深具意義的地方，瑪瑪都似乎也頗有感慨，他說：

「古代的地中海地區，到處都有黑人俘虜，比如希臘和羅馬，法老時代的埃及也一樣。中古時期，黑人被販賣到印尼、中國和印度。在十五世紀發現了新大陸，想要開發新土地的白人亟需便宜的人工，才讓奴隸販賣變本加厲。

十七世紀中葉，美洲對奴隸的需求數量大概是一年一萬名。才不到五十年的時間，由於北美洲大量種植棉花，安地列斯群島大量種植甘蔗，還得因應巴西農業的發展和金礦開採，奴隸的價錢竟暴增四倍！你們對奴隸的需求量越來越多。

我們自己該負的責任應該是非洲種族間不和所導致的戰爭。輸家就被送到市場待價而沽。同胞不過犯了個小罪，被奴隸販子收買的頭目們就判他爲奴隸。販子的抓人行動層出不窮，人口變得越來越少，所以得更深入內陸好抓到更多的俘虜。十九世紀初（也

沒有終點的樓梯，階梯上還響著奴隸腳鐐的聲響，那些往新大陸去的奴隸──

就是不久前的事！），尋人探險更往西邊去，好找到可以「上市」的壯丁。美洲市場的需求量每年十萬人，其中一大部份是男性。至於年輕女人，在那個講求多子多孫的年代，被送到中東去，非洲人口的成長大受影響。

抓人還不夠，黑人發展出販賣、購買、以貨易貨、運送、食物供應等等的商業網絡。俘虜先被轉運到某地再集體輸出，供應俘虜食物、飲水的生意就此應運而生，也出現了許多出口港、作業中介地。俘虜在這裡等待開往美洲的船。美洲需求的增加，讓價格水漲船高，對中東的出口也就減少。非洲西海岸，像是幾內亞北部、塞內加爾甘比河區域還有剛果，因爲靠海，是人口販子抓人的頭號區域。一千二百萬個俘虜中，就有七百萬個來自這些地區。因爲不人道的對待，其中二百萬個在被送到出口港以前就一命嗚呼。」

我說：「雖然在中古時期和稍晚些的阿拉伯人遊記中，不斷提到非洲的黃金。但到了十九世紀初，法國探險家勒內．加耶發現，其實眾所覬覦的商品不是黃金，而是鹽，產自沙漠窪地的鹽。除了鹽、黃金和象牙，還有第四樣商品，光這項商品，就能帶來豐富收入，那就是奴隸。當時西方人還沒涉入這樁『買賣』，當地百分之五十的人口都是奴隸。打從那個時候起，奴隸像牲畜一樣待價而沽。今日的塞內加爾，境內有百分之九十五的人口信奉伊斯蘭教，但伊斯蘭教只強化了奴隸制度，對嗎？」

瑪瑪都接道：「沒錯，伊斯蘭教在北非、西非的盛行，反而使得奴隸販賣變本加厲。沙漠以外就是黑色非洲，奴隸販子可以在這裡找到非伊斯蘭教徒。大批非洲黑人被送入阿拉伯市場。體格健壯的成爲當地君主的傭兵，其他的去幫忙農事，少女就去負責家務，貌美如花的就被送入後宮。另外，伊斯蘭教男子最多可以娶四個老婆，納奴隸爲妾的，就不算在內。發生殺人或傷害事件，被害人若身爲奴隸，比起受害人是伊斯蘭教徒，賠償也會少得多。雖然在一百五十年前，奴隸制度就已正式廢除，不過，在封閉偏遠的地區，這古老的惡習仍延襲下來。」

我繼續說：「根據估計，在非洲內陸市場販售的奴隸數量，要比出口到美洲大陸的俘虜數量多上許多。媒體卻緘口不提。當然白人該爲販賣黑奴所負的責任，並不因此減少，不過黑人被白人剝削，聽起來可能更具賣相。還有個相當普遍的想法，以爲在白人來殖民以前，非洲是個熱帶樂園，各個民族都和樂融融，平等地過著幸福的日子。事實上奴隸販賣早已盛行於希臘、羅馬時代，到一八四八年奴隸制度被正式廢除以前，在可恥的『烏木買賣』【註2】中，黑白混血兒——沃洛夫美女和南法戰士的露水姻緣所生下的愛情結晶——更是握有大權的掮客。也算『半個』黑人的他們，卻也販賣他們的手足？」

「混血兒究竟隸屬哪一邊？認爲自己是黑人呢？或是白人？當白人自然比當黑人好，

從前是這樣，現在也沒有改變。」瑪瑪都回答。

談到這裡，我忍不住十分好奇：「你眞是讓我印象深刻，爲什麼你對奴隸歷史這麼熟悉？」

「這是有原因的。我在葛雷島的奴隸屋當過二年的導覽員。」

「啊，原來如此。那爲什麼要辭職呢？這份工作有薪水吧？」

瑪瑪都說：「葛雷島的確是施行過奴隸制度，不過我們的導覽解說內容，全是編造出來的，我才會辭去這份奴隸屋導覽工作。你的同胞翻翻旅行社介紹單，挑選了塞內加爾，那是離法國最近、有沙灘也有椰子樹的渡假地點。從巴黎搭機只需六小時，做做日光浴之餘，當然得安排郊遊瞧瞧當地風土民情。然而，大家都以爲葛雷島是黑奴的最大出口港，事實卻遠非如此。在葛雷島上的確簽署了許多販賣黑奴的合約，但它卻從來就不是黑奴的最大出口港。不過，爲了賺觀光客的錢，我們當然得繼續讓大家這麼以爲。」

「塞內加爾人唯利是圖囉？」我問。

「嗯，和法國人半斤八兩。不過我們背負的奴隸歷史，就像是天然資源，得盡可能去利用。」瑪瑪都答道。

「你們利用西方人的窺伺慾。」我說。

「對，尤其是美國黑人，他們帶著感情來這裡尋根。」

「那麼，葛雷島被當作是黑奴出口港，純粹是商業運作的結果，事實全被過份誇大。塞內加爾政府主導其事，和一些旅行社合作，利用觀光客的無知，爲國庫賺進外匯。」我說。

「對，」瑪瑪都坦言：「奴隸屋館長尤其懂得操控遊客的想像力。比如帶你參觀囚室裡直通大海的那道門時，你要是一臉驚懼，他會一邊察言觀色，一邊告訴你更駭人的細節。他特別擅長和美國黑人玩這套把戲。他懂得運用沉默和強烈的字眼來談論我們共同的老祖宗。這棟建築對美國黑人來說，具有重大的象徵意義。他們的祖先是來自非洲的黑奴哪。就算沒讓他們掉眼淚，他也有法子讓他們掏出一把把美金。」

「我也認爲葛雷島顯然不像旅遊手冊所說的，是一個奴隸『出口港』。它不可能是。因爲島上根本就缺乏空間和用水，所以不可能收容太多待轉運出口的人。缺水有可能導致大批奴隸死亡，奴隸販子可不希望奴隸一命嗚呼，他們手中的『商品』得健健康康才成。根據文獻，居留在葛雷島的奴隸，大部份只是這棟房子主人私人的奴隸。奴隸在屋裡等候被賣出。屋子的主人是法國海軍的一位外科醫生，我甚至可以告訴你他的名字，他叫尙．貝潘（Jean．Pèpin）！驚訝我知道這麼多嗎？」

瑪瑪都說道：「別再多說了。不然拜訪我國的觀光客可會大減。」他大笑，「這棟奴隸屋是島上碩果僅存的同類型房子，爲了維護這棟房子，可花了不少整修工程費用，所以呢，得回收這筆錢！」

「我明白，你的國家挑起奴隸的這個敏感話題，來引起觀光客的惻隱之心。其實觀光客只要夠精明，若想『親睹』昔日黑奴制度的『勝地』，大可到甘比亞的朱夫瑞(Jufureh)或是加納的奴隸堡，那裡才是眞正的黑奴出口港。」我說。

這天對黑奴制度的討論，挺有啓發性，我更能勾勒出瑪瑪都的性格。他頭腦聰明又有文化素養。我對塞內加爾人的不滿漸漸淡去。要深入理解塞內加爾的問題，得退一步去想、去看。

隔天我們要去參觀達卡附近的傳統村落，瑪瑪都告訴我：「你看著好了，明天晚上，我們又有話題好聊了。」

註1卡拉琴(Kora)：非洲傳統樂器，其材質大多是以瓠瓜、圓頭木棒、原木、馬尾構成。

註2烏木(bois d'ébène)買賣：在歐洲國家常用烏木買賣的說法來代替黑人買賣，因爲黑人膚色與烏木顏色相同。

第五章　伊斯蘭教與巫醫

約夫風景

我們來到約夫（Yoff），達卡北方不過幾公里外的小城，卻和首都有天壤之別。瑪瑪都來旅館接我，他替我介紹一位「司機朋友」，送我過去。雖然我尊敬也信任瑪瑪都，在出發以前，我還是先跟司機講了價錢。事先講清楚總是比較好。我微笑著討價還價。不管如何，價錢一定比旅館代找的司機來得高。不過，我看得很開，相信自己做了件善事，幫忙朋友的朋友——不會計較金錢的！

我們出發了，像個稱職的觀光客，身上背著照相機。瑪瑪都猶豫了一會兒，告訴我，那邊沒什麼東西好拍的。

「誰料得定呢，好照片總是在最出乎意料的時刻拍到的。」我對他說。

「是沒錯。不過那裡龍蛇渾雜，不帶比較保險。」

「我跟你在一起安全得很，我有二個保鑣，你和你的司機朋友。」

「對，不過你不能拍照。」

「不能拍照？」

「我建議別拍。事實上，那邊不准拍照。約夫的居民是虔誠的伊斯蘭教徒，不想被拍，也不能接受觀光客在沙灘上的清涼裝扮。那裡也沒有俱樂部或酒吧，因爲伊斯蘭教禁酒，即使是私下偷偷地喝也不成。」

「聽起來眞嚴格。」

「他們是利布族(Lébous)，幾個世紀以前便已定居在這個地區，總數只有幾千人。他們有很強的民族意識，約夫擁有自治的特殊地位，沒有警察，沒有政府官員。」

漁船回港，吸引了成群的魚商、顧客。

　　事實上，一到達漁夫聚集的沙灘，我就想拿出相機，但又怕引起他們不高興。在漁夫不顧呼嘯而來的洶湧浪濤，奮力把獨木舟推出海的剎那，我多麼想按下快門，捕捉這一片刻。獨木舟有些長達二十公尺，一艘艘像刀刃一樣細長，漆上鮮豔的色彩，由十個男人二十隻健壯的臂膀扛起。男人汗水淋漓的臂膀在陽光下閃閃發亮，就像無數面鏡子閃爍著璀璨光芒。男人們的雙腿牢牢踩在沙裡，一邊哼著古老曲調，雙臂動作一致，把小舟往前推到潮汐的最高點。還有聚在路上買魚的女人，就蹲在地上討價還價，無視四周的嘈雜。我爲什麼得躲起來，「偷偷」拍下她們呢？

這個民族信仰的是什麼樣的一種宗教啊？連生活的點滴片段都吝於分享？

散落在地上或是裝在推車裡的魚，很快會被送到市場去，成爲當地人當天的「堤耶布」【註1】佳餚。

看見活蹦亂跳的魚，讓我意識到已經是中午了。我們一聲不吭，跟著推車往前走。一會兒後，烤醃魚的香味吸引我們停下腳步。我們抵擋不了誘惑，走進餐廳，在竹椅上就座。我在燉魚和烤魚間猶豫不決。我突然想起寓言故事裡優柔寡斷的驢子布里丹(Buridan)，無法決定要喝水還是吃乾草，最後又饑又渴地一命嗚呼。不過，我才不會像牠一樣呢。我最後選了塞內加爾的國民料理堤耶布。吃飽喝足，我們又多待了一陣子，在樹蔭下舒舒服服地小睡片刻，享受海風徐徐。司機藉口要看管汽車，繼續打盹去了。眼前海天一色的美景，吸引我們走到沙灘上漫步，聆聽著海浪拍打沙灘的聲音。

乩童療法

晚上我們得去參加一個傳統儀式，看乩童治療精神病患。

我身體健康得很，親朋好友也沒有毛病，所以呢，我只是當個旁觀者，我想知道，那些比我不幸的人是不是有可能被治好。

（圖一）像刀刃一樣又細又長的獨木舟。

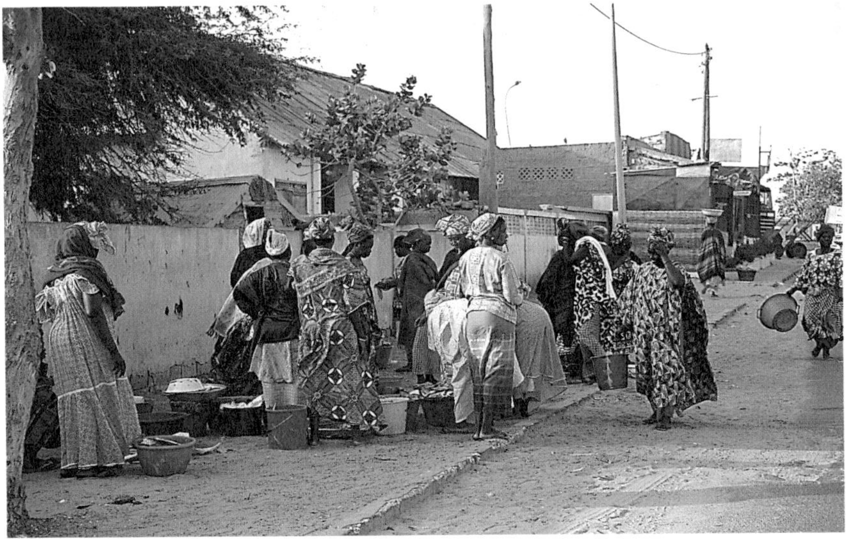

（圖二）聚在路上買魚的女人，就蹲在地上討價還價。

我以爲自己參加的這個團體治療，乩童會給病人服下「神奇藥水」，讓病人的四十六個染色體恢復一些精力。但實際上，根本沒看到什麼神奇藥水、神秘草藥還是秘密煉金術嘛。

我相當失望，大概因爲我是西方人，法國醫學界根據的是理性的數據。學者、研究人員汲汲尋求的是邏輯性、系統性和合理性的分析。而且呢，幾位學者還因他們的研究發現，獲得諾貝爾獎。

這些人明明是伊斯蘭教徒，卻參加這種泛靈論者的儀式。同時接受二種信仰，就是期待能擁有多一倍的美好生活機會罷。

殺隻雞，宰頭牛（隨病人病況的嚴重程度而異），召來好神明，就可將糾纏「顧客」的壞靈魂驅走。我不相信有這等事。說是「顧客」並沒錯（顧客根本意識不清，想必是身上的一個染色體出了錯！），因爲他的家庭得花錢。請一位乩童先生可是非常非常的貴，相當於一個人好幾年的薪水！我不知道殺雞宰牛的花費包不包括在酬金裡，不過我知道，幾個家庭可以聯合起來出錢，讓家裡的病人一起接受治療。爲單單一個病人獻一整隻雞，還是幾個病人合分一隻雞，成功率會不會有差別呢？我並不知道。

「顧客」們的虔誠狂熱最教我印象深刻。他們來自塞內加爾各地，甚至還有人從甘比亞、馬利和幾內亞比索遠道而來。

想想，道教不也有迷信？天主教不也有神蹟嗎？在法國看到天主教徒前仆後湧到露德(Lourdes)朝聖，懇求聖母治癒親人的病；見到街上幾百家紀念品店擠著病人、殘障、老老少少，我也同樣會吃驚。

約夫的乩童靠念咒撈了一票，露德的商人販賣宗教畫、聖母明信片、紀念章，不也賺了一筆錢？靠別人的不幸賺錢，是不是卑鄙的行為呢？

事實上，人類需要懷抱期望，以期改變命運。只要堅信不移就對了。至於我呢，我這人過於理性，要是我碰上什麼麻煩，我自己會解決。

「宗教是人民的鴉片」，卡爾．馬克思如是說，所言甚是。人類即使有智慧，還是需要相信某樣東西，以期能夠延長生命。人類不能長生不老，因此非得「信仰」些什麼，好期望死後還有生命……

我想一些非洲鉅富啦，暴發戶啦，這些陰險狡猾的投機份子，應該很樂意拿幾兆給死神換取生命吧！

這晚回到房間，我替自己感到高興：我這個人不會思考生命意義的問題，不會去煩惱未來，順其自然地過活。

伊斯蘭信仰

隔天早餐時，我和朋友討論昨天發生的事。我提出我的觀點：人類需要「信仰個什麼」。既然我認爲宗教是人類的鴉片，當然得來談談塞內加爾盛行的伊斯蘭教。

來到塞內加爾前，我曾經讀到，學者在研究塞內加爾的基督教歷史時，不願探討殖民和宗教之間的關係。箇中原因我不得其解。然而，歷史事實顯示，塞內加爾的基督教勢力汲汲於圖謀私利，以致於塞內加爾變成殖民地。十六世紀，來自佛得角的教士掌管塞內加爾的貿易。一個世紀以後，教士在北方主持「殖民地開發公司」，南方則爲法蘭西斯教會所掌握。

聖路易於十七世紀成爲「教廷」所在地，十九世紀，許多教會組織如雨後春筍般在各處成立。想當然爾，反動勢力是伊斯蘭教。十一到十八世紀間，伊斯蘭教是皇室貴族的宗教，不過從十八世紀起，它成爲平民的宗教，以對抗殖民當局。穆斯林大隱士成爲反抗當權的中心，宗教團體應運而生，到目前爲止，塞內加爾境內百分之九十五的人口信仰伊斯蘭教。

伊斯蘭教徒和基督徒能夠平心靜氣談論宗教議題嗎？只要抱持寬容心態，絕對有可能。

瑪瑪都問：「你信教嗎？」

我說：「我受過洗，是天主教徒。」（不過我沒透露，我非但不參加彌撒，事實上也不相信任何神明的存在。當一個穆斯林問你，「你信教嗎？」，他只能接受「有」這個答案，不管你信什麼神都不打緊。不然可會引起他的誤解和嚴厲譴責。）

「好極了！」（我感覺他心安不少。）

「是否得經過某種類似受洗的儀式，才能成爲伊斯蘭教徒？」

瑪瑪都說：「只要認定，除了阿拉，沒有其他眞主，每個人都能成爲教徒。伊斯蘭教是在俗宗教，不需要受洗或皈依儀式，只要宣稱自己是伊斯蘭教徒便夠了。祈禱由伊瑪目【註2】主持，伊瑪目通常上過可蘭經學校，不過只要有能力，隨便一位穆斯林都能取代他的位置。」

他接著說：「我知道人們談論起伊斯蘭教，不一定是好事。因爲這個宗教在貧窮國家大行其道。雖然伊斯蘭教的教規之一是互助行善，不過窮人看富人不順眼，是天經地義的反應。在窮人眼裡，富人的世界不屬於伊斯蘭信仰。伊斯蘭教當今的發展達於顚峰，大部份的信徒都來自窮國。伊斯蘭教當今有一億三千萬信徒，是世界上最活躍的宗教，其他宗教日益衰落時，只有伊斯蘭教一枝獨秀，信徒數量還有成長，因爲很不幸，每個國家都有窮人。」

我說：「可是也有富有的伊斯蘭國家？」

瑪瑪都：「當然！捐課也是伊斯蘭教的教規之一。不過大部份的伊斯蘭富國只是捐點小錢虛應了事。依照教規，這些捐課，不該只由個人收入，還得針對富人的財產課徵。難怪中東富有的石油產國，面對回復捐課傳統的呼聲，要抱持保留態度。這些富裕國家，比如沙烏地阿拉伯，偶爾也會資助到麥加的朝聖客。但和它應該撥出來幫助窮國的捐課相比，簡直是九牛一毛。」

「齋戒呢？」

瑪瑪都：「我當然會遵守。不過，畢竟現代生活的型態和守齋戒有所衝突。白天禁食，晚上熬夜通宵，讓人人疲憊不堪，工作效率大受影響。」

「是啊，不過你想上天堂的話就得做！」我笑著對他說。

瑪瑪都應道：「可蘭經中的天堂是個『景色優美的地方，涼水源源不絕，樹蔭遮頂，椰棗取之不竭，女人如雲，眞主阿拉就近在咫尺』的地方。」

「要是我理解得沒有錯，『上了天堂的穆斯林，有美景環繞、樹蔭乘涼，坐擁美嬌娘，椰棗解饑，涼水解渴，而眞主阿拉以慈愛的眼神看著這一切』。」

瑪瑪都答道：「穆斯林一生的願望就此實現。」

我沒問他，可蘭經是否也對女人應許一個相同的樂園，能夠和男人一起共度美好時光——我想不是，可蘭經要求穆斯林「女人不能單獨和男人在一起。男人和女人一旦共處，魔鬼就近在咫尺！」

阿拉能接受天堂裡的肉慾行爲嗎?

往北的路上

伊斯蘭樂園還沒去成，當下車子經過的地方，景致一點也不優美。我們剛離開約夫，開往北方二百五十公里外的聖路易。北方是嚴峻、乾燥的荒原景色，錯落著多刺、矮小的樹木，青草稀疏。代表樹木是洋槐。著名的洋槐，它所產的阿拉伯樹膠曾經是本地的重要外銷品。許多樹木被砍伐殆盡，森林的面積一年年減少，讓沙漠逐漸擴張勢力，進佔這些脆弱的地區。只有卡德樹(acacia)免受其害，因爲它的葉子是牲畜的好飼料。它的果實在春天長出，也就是乾季時節。在這個乾旱年年成災的國家，還眞是挑對了時候。

成群牲畜踩過草原，馬上啃掉嫩芽、嫩草，植物沒法大片蔓延生長。脫隊的幾隻牲畜，冒失地闖到連結達卡和聖路易的公路上頭，與車爭道。公路上的車子不是超載，就是將車內擠得滿滿的，搖搖晃晃地疾駛而過。因此，看到野生動物啦，牛啦，羊啦或是驢子的屍體橫陳在路邊，一點也不教人吃驚。不久後，天上就聚集著一大群的禿鷲，這些不折不扣的清潔工，在垂死或已死去的獸隻上方盤旋。禿鷲的數量越來越多，飛近獵物，悄悄落地。食物大戰開始了，一隻隻禿鷲張開二公尺長的翅膀，試圖在這場盛宴中

（圖一）不斷互啄、不斷發出叫聲的當兒，牠們把頭和光禿禿的脖子伸進屍體，最後只有獸皮、獸骨會被留下。

（圖二）簡陋的市集，大夥兒可以買賣東西、聊天打屁。

佔到一席之地。不斷互啄，不斷發出叫聲的當兒，牠們把頭和光禿禿的脖子伸進屍體，最後只有獸皮、獸骨會被留下。

我問瑪瑪都，爲什麼牲畜都沒人看管。他只是聳聳肩。

「這是非洲！」他對我說。

我想，像塞內加爾這麼個貧窮的國家，一頭牛對農人來說可是筆重要財產。不過我也許忘了，每個人都有各自的人生哲學。

公路約二百五十公里長，拜歐盟資助得以鋪上柏油。路旁開得燦爛的鳳凰花樹下，偶會出現簡陋的市集，亂七八糟地堆放了樹頭櫚(rônier)梁木、葫蘆、草鞋、草蓆、竹凳、竹椅、椰葉編的籃子、金基里八草(kinkiliba)(利尿的花草茶，可治咳嗽和瘧疾)、落花生和「潔齒棒」(名爲索第歐(sothiou)的樹皮做的，咬一咬便能潔白牙齒)，還有其他一些神秘的小玩意兒。

註1 提耶布(tié-bou-dienne)：這是一道用米飯和魚一起烹調，加上蔬菜的塞內加爾國民料理。食譜如下：

六人份材料：

一公斤半的魚（肉質堅實那種），200公克魚乾，一公斤半碎米，半升花生油，三條辣椒，三個洋蔥，150公克蕃茄，300公克紅蘿蔔，一顆白菜，400公克蕃薯，400公克茄子，250公克蕪菁，一盒150公克蕃茄濃縮醬，250 ml 魚高湯（或水），香芹、鹽、胡椒。

步驟：

1切碎一個洋蔥、紅辣椒和香芹，攪拌在一起，用鹽調味。2將魚切成大塊，每塊戳小洞，將切碎的洋蔥、辣椒、香芹塡入。3在燉鍋裡放油，煎魚塊。4魚塊一煎出顏色，便取出。將另二個洋蔥切末，放入翻炒，加入蕃茄濃縮醬和魚高湯。5煮開，一邊攪拌，減爲小火。6將茄子、蕪菁、蕃薯、蘿蔔、包心菜、紅辣椒和魚乾切過加入。7加水，水位要蓋過材料，加鹽和胡椒。8將水煮沸，接著轉小火，燉煮四十五分鐘。9加入魚塊，再燉煮三十分鐘。10和白飯一起上桌。

註2伊瑪目（Imam）：伊斯蘭教的教長。

第六章　聖路易的憂鬱

憂鬱的聖路易

塞內加爾河環抱的聖路易，一派懶洋洋的鄉間城市風情。斑駁的古老建築，顯示出過往的風華：碼頭邊或是棋格狀的街道上座落著花園大宅，全有著瓦片屋頂、三角楣、迴廊或是寬敞的木頭陽台。有些屋子還殘留著殖民時代的氣息。十七世紀殖民開始以前，這裡不過是小村落，不久後便成爲阿拉伯樹膠、黃金、象牙、麝香和琥珀貿易的重鎮。

出身里爾（Lille）的軍官路易．菲德柏（Louis Faidherbe），於一八五四年被任命爲殖民地總督。他傾全力發展城市，沿河建立堡壘，鋪了第一條鐵路，積極推廣前景看好的新作物：花生。法屬西非（AOF）就是在他的推動下誕生。一九六〇年塞內加爾獨立以前，法屬西非是集合了西非八個國家的聯邦。一個世紀以來，串連起索爾區（Sor）和聖路易島的菲德柏橋上，在溫熱的夜裡，迴盪著聖路易人的腳步聲。對於當時只有白人居民的聖路易島來說，這座橋相當重要，因爲它是通往非洲大陸黑人世界的唯一一條路。

聖路易，就像汪洋中的一條船。

一六五九年，諾曼地航海公司的路易．柯耶在島上築起住宅和貨倉，將它命名爲聖路易，以向國王路易十三表示敬意。十八世紀，這個阿拉伯樹膠的「專門」集散地，搖身一變爲人煙稠密的大城，聚集了歐洲人，非洲人，不久以後，自然而然也出現許多混血兒。一七八六年，聖路易有七千名居民。

很少有一個城市像聖路易一樣，可以勾起法國人這麼多的回憶。一九六〇年塞內加爾獨立以前，「塞內加爾的聖路易」和法國經歷了二百九十九年的愛戀纏綿。

晚上我們沿著荒無人煙的沙灘散步。很久以前，在白人的時代，這裡有殖民地式的花園大屋，爬滿九重葛的迴廊，還有大片如茵草地，草地間彎曲的小徑通往海邊。現在聖路易已然成爲憂鬱的小城，朝向過去，朝向白人還在的時代。

海洋和河灣間的漁人村落古達(Guet N'Dar)，像巴西貧民窟一樣人煙密集、繁忙異常。成排的水泥屋、陰暗的街衢往前綿延到野蠻沙洲。走過陽光下曝曬的成列魚乾，走過一望無際的伊斯蘭墓園，又長又窄的沙洲鋪展於灰暗的天空、金黃色的土地和波光粼粼的河流當中，最後消失在陰霾的地平線盡頭。

「瑪瑪都，你在這裡出生？」

「對，這裡是我的故鄉。我父母、祖父母的故鄉。我出生在聖路易，童年一大半歲

古意盎然的建築，顯示出過往的風華。

月在古達村落度過。這是介於海洋和沙漠間的小村落，海風捲走了我的夢想。」

「你的夢想？」

「嗯，希望有個更美好的世界。我們想要獨立，想要財富。我的父母不了解，黑人全靠金錢，全靠白人過活。祖父跟父親說過：『白人是不懂休息的討厭鬼。他們製造金錢和幸福。即使你不順從他們的要求，他們也知道，還有你的兒子會做，或是你的孫子、兄弟、姪兒……，所以必須妥協，也許有一天——』」

「也許有一天？」

「也許有一天我們會爲獨立而自豪，自豪地說，我們再也不靠別人的金錢過活。」

「你和祖父相處過嗎？」

「嗯，他爲白人工作，他是技工，負責保養一位法國人的汽車。獨立後，白人離開了，車子被留下來，不過月底再也沒有人付薪水。接著，在法國受過教育的壞蛋取代了白人，做出許多承諾。可是話語沒法塡飽肚子，殺掉一些人也不能讓另一群人獲得溫飽。窮人的孩子——農夫啊，僕人、工人或失業者的孩子，拿尺打斷他們的指甲。還有像我這樣敢怒不敢言，噤若寒蟬的蠢蛋，也難逃魔掌。如果選舉前的掃街拜票，我們有勇氣讓政客吃閉門羹，如果我們只生二到四個小孩，就沒什麼問題好煩惱的。我告訴你，我們和白人一樣，樣樣都行。只不過黑鬼笨得很，笨到只要有人跟他說：這位是你曾祖父的雙胞胎哥哥的姑姑的孫子的堂弟，他就會乖乖幫這個小雜種做事。事實上，害慘我們的是愚蠢。」

我洗耳恭聽。他滔滔不絕，忘了我是白人。我的父母也在塞內加爾獨立時離開。離開的白人留下屋子和車子，不過再也不能給他們工作，在月底付薪水。經過了四十年的光陰，經過二代人民的幻滅失望，塞內加爾人

介於海洋與河灣之間，一望無際的回教墓園，墓上蓋著漁網。

這才了解，不是單靠簽字和聯合國的席位就能獲得獨立。要理解問題所在、解決困境，的確需要知識份子才能辦到。不過單單一張文憑，不足以讓塞內加爾大學畢業生成爲好官員，成爲民主人士。

他繼續說下去：『「我們自由了，獨立了」——非洲國家的總統候選人在台上高喊過多少次。這句話含有無盡的希望，能消弭白人殖民者帶來的傷害和痛苦。我祖父說得沒錯。我，我唸過一點書，但結果呢？我在你的國家偷偷摸摸擺攤子賣手工藝品，賺點錢養活一家子的寄生蟲。不然該怎麼辦呢？誰來付房租？誰來還債？我的村落現在是個廢墟，白人所留下的紀念品。屋子被沙塵一點一滴吞沒，今天是門，明天是玄關，不久的將來，沒有半點東西會留下。總之，拯救這個城市的是酒精和大麻。這裡的每一個人喜歡猛抽大麻，猛灌一公升又一公升的廉價啤酒，一邊做白日夢。」

「看看你四周，這悲慘的景象，不會讓你感到驚訝嗎？衣著襤褸的孩子，見到停下來的車子就趨前乞討。你父母所熟悉的聖路易變成了什麼模樣？我們爲什麼淪落到這等地步？」

我心不在焉，聽他說話的當兒，父母所講述過的往事，充塞在我腦海裡。在這個時刻，只有一個撒網的漁夫，爲杳無人煙的長堤帶來一點生氣。

幾十年前，船隻剛靠港的碼頭，下船的商人攜來攘往好不熱鬧。一輛輛馬車穿梭其中，幾位一身白衣、頭戴大遮陽帽的歐洲美女走下天橋。汽車鳴著喇叭，好殺出重圍，離開繁忙的碼頭，回到木槿花、九重葛盛開的花園大屋，尋回寧靜。現今的聖路易像是一座被遺棄的城市，哈馬旦風【註1】帶來的沙塵像是要抹去過往的痕跡。斑駁的赭紅磚牆後，木炭的煙霧取代了麝香、乳香，佔據這些昔日豪宅的住戶不時會丟出一些垃圾，引來路邊羊隻的爭奪。昭告祈禱時間的呼聲取代了留聲機傳出的音樂旋律，曾經爲小城帶來生活樂趣的旋律。

野蠻沙洲位於聖路易南邊塞內加爾河口附近，約爲三十公里長的沙洲。它的名字饒有興味；沒有島、沒

在這個時刻，只有一個撒網的漁夫，為杳無人煙的長堤帶來一點生氣。

有水的這片沙洲，自遠古以來，就保護或威脅著靠近的東西。

尙．摩茲的航空時代

自達爾島的南端，可以看到座落在野蠻沙洲上頭，尙．摩茲駕機起飛的水上飛機基地。一九三〇年五月十二日，他駕著名爲「沃爾特伯爵」的拉堤可耶飛機(Latécoère)，展開飛越南大西洋，前往巴西的首次航程。摩茲革新了郵件的運輸方式，在那個時代，由法國的土魯斯(Toulouse)經過達卡再到智利的聖地牙哥，可得花費五天的時間。

命運之神將我帶到這個基地，

三十公里長的沙洲，禁受得住海風吹襲河潮汐的沖刷，既能保護也能威脅任何靠近的東西。

這裡是我想像力奔馳的起點。位於貝兒海角（Bel-Air）的水上基地，是一九二三那年，首次由摩洛哥飛來塞內加爾的水上飛機降落處。來這裡參觀，怎能不充滿懷舊之情。這個基地在二次世界大戰之間相當重要，我的父母親幾乎認識每個飛行員，當時的飛行員寥寥可數。其中常見的一個名字是：安東尼．聖修伯里。由他的名字可知他出身貴族。熱愛飛行的他，受雇於土魯斯的拉堤可耶航空公司，飛行過幾十次土魯斯與達卡間的航線，中途會經過卡薩布蘭加和茅利塔尼亞沙漠。

也許就是在茅利塔尼亞沙漠的里俄特俄羅（Rio De Oro），他發現了沙漠也發現了利於思考的孤寂，他也許就是在那兒寫下《小王子》的頭幾行。《小王子》近似童話，不過首先是對失卻的純眞的歌詠。一九四三年《小王子》出版，聞名於世的封面，是聖修伯里親筆所繪。

看著沙丘起伏，我怎能不思及，自己也是在同樣的景色中誕生——在《小王子》出版的那一年——一九四三年。

世界上最古老的管制塔，它目睹聖修伯里和摩茲數百次的起飛。飛航管制員揮舞著旗子，給予駕駛起飛許可。

聖修伯里認爲，「懷舊就是莫名所以的慾望」，那麼我的慾望也許是認識他，我來這裡尋覓的便是這樣的懷舊情緒。

我知道搭飛機不是目的，但是飛機是帶我離開家，來發掘世界這個角落的唯一工具，發掘這個岩石和沙粒組成的地層。在這片被神祇遺忘的不毛之地，偶見生命欣欣向榮。

我在聖路易的郵局旅館預訂了一個房間，說得準確點，是這個中等水準旅館的一二九號房。這是尚．摩茲飛往巴西前所住的房間。我想要尋回那個年代的氛圍。房間還在，可是氣氛已蕩然無存。汲汲

一望無際的沙丘，在這片被神祇遺忘的不毛之地，偶見生命欣欣向榮。

於尋覓，卻遍尋不著，我竟然失眠了，費了好大的勁才勉強入睡。瑪瑪都想必會說：「土布巴一定是中暑啦，他不知道自己在找什麼，驚訝啥都沒找到。」

一九三六年的幾則新聞報導被恭恭敬敬裱起，掛在房間裡。讀著尚．摩茲死前由海上傳來的最後音信，我深深動容。想到摩茲和他不幸的同伴們，發出這道訊息時是怎麼樣的感覺，我不禁顫抖。他們看著死亡逼近，知道自己在幾分鐘內，頂多幾小時後就要溺死。被大西洋冰冷的海水凍僵，疲倦，筋疲力竭，氣餒，絕望，放棄，最後是死亡。

剪報標題：「切斷右後引擎。」

一九三六年十二月七日早晨，最受法國人民愛戴的尚．摩茲，駕著水上飛機「南十字號」，在非洲和南美洲之間的海洋失蹤，享年三十五歲。當時這則消息讓法國舉國同哀。讀著剪報標題，我也感受到相同的哀痛。

每次寄信到遙遠的國度，我偶爾會想到航空郵件的始祖尚．摩

尚．摩茲海報。

茲。五十年前，歐洲、亞洲之間的郵件往返，得花上好幾個禮拜的時間。

一九二五年，飛行一千公里需要七小時半時間。駕駛坐在座艙裡，氣流不穩定，常有暴風雨，還有難耐的酷熱。起飛時氣溫三十度，可是一入夜就得忍受冰冷的霧氣。從土魯斯運送郵件到達卡時，郵局專機還需另一架飛機護航，飛機上還載了位阿拉伯語翻譯，不得已迫降時，遇上的遊牧民族不是把你關進大牢就是販賣爲奴，所以最好有人能跟他們溝通一下。郵局會付摩爾人一筆錢，贖回駕駛和郵件。

要是郵局專機故障迫降，護航的飛機會尾隨降落，接駕駛和郵件上機。如果是護航的飛機迫降，專機駕駛得測定它的所在位置，再飛到中繼站去報告，好派人援助。

尚．摩茲有個夢想——在夜間飛行。一九三〇年四月十一、十二日兩天，他完成這個夢想。他改裝飛機，以三十小時又二十五分鐘時間，飛行四千三百〇八公里，打破水上飛機最長飛行距離和時間的記錄。

尚．摩茲去世前都在南美、歐洲和非洲間飛行。他當時是法國最有名的人物，邀約不斷，不過他很少應約，他不喜歡社交，寧可駕機飛行。

現在的人，搭飛機就像開車出門。對商場人士來說，搭乘協和客機以二千公里的時速從巴黎飛到紐約，已屬稀鬆平常。不過，在一九五〇年代搭過飛機的人，包括我在內，鐵定忘不了，當時搭機就像冒生命危險。待在這麼小的螺旋飛機裡飛個幾千公里，教人焦慮不安、膽顫心驚，彷彿隨時命在旦夕。

摩茲、聖修伯里和其他幾個人是兩次世界大戰期間享有盛名的駕駛。他們所開創的飛機航線，繼四輪畜力車、馬匹、徒步信使、郵貨車、郵船、郵政熱氣球之後，爲郵政史寫下新的一頁。他們的大名和航空郵政史密不可分。一九三九年，霍華霍克斯(Howard Hawks)執導了一部片子，回溯南美洲的航空郵政開發史，由當時美國最偉大的演員蓋瑞．格蘭(Gary Grant)和麗塔．海華絲(Rita Hayworth)主演。

這些偉大的駕駛也以試航駕

摩茲和聖修伯里曾駕著飛機翱翔於聖路易天際，彷彿迷失在無垠穹蒼中的輕舟。

駛的身份，對航空工業做出傑出貢獻。他們將永遠名留航空史，比如林白(Charles Lindberg)。

野蠻沙洲既是連結非洲和南美洲的基地，也能隨潮汐的漲落，阻止船隻的靠近。這裡就是梅度莎木伐【註2】一八一六年擱淺的地方。傑里柯(Géricault)以畫筆描繪出這悲劇性的一幕。四百九十一公分長、七百一十六公分寬的這幅巨畫，目前陳列在巴黎羅浮宮。傑里柯於一八一九年的沙龍展展出這幅畫作，標題是「船難」。即使驚世駭俗，作品還是獲得很大的成功，傑里柯得了獎，法國政府還向他訂了幅宗教畫（他後來並沒有完成）。

這裡是梅度莎木筏於1816年擱淺的地方。傑里柯所繪的擱淺畫面，陳列於羅浮宮。

一九七六年起，野蠻沙洲成爲國家公園保護區，面積二千公頃，景致優美。打從很久以前開始，這裡便是許多鳥兒棲息的地方，保護區的成立讓各種鳥兒更容易生產繁殖。春秋二季，成千上萬的鳥兒在此過境，熱鬧非凡。這裡也是海龜的保護區，其中一些海龜品種在全球遭到不斷獵捕，已瀕臨絕種。

「瑪瑪都，你瞧，我父親有時會和摩茲駕機在這片天空翱翔，看鳥兒起飛。」

「是嗎？他們這樣做有啥意義？」

我先是愣了一下，然後噗痴一笑：

「對，瑪瑪都，你說得沒錯。我不知道這樣做有啥意義。在島上飛行是挺愚蠢的。」

聖路易，法國的過往

聖路易的街名散發著過往的氣味：安德遜街、法國街、布福樂街、三王街、辛洛雪街、卡諾街，以及以作家為名的皮耶．洛堤街（Rue Pierre Loti）。一七七三年，皮耶．洛堤在聖路易住過幾個月。他對聖路易女人的迷戀，全表現在《一個北非騎兵的小說》（*Le roman d'un spahi*）書中，那位金髮混血美女身上。這些美麗的「西娜兒」（signares）在哪裡呢？膚色白晰的混血兒，聖路易的白種僑民、商賈、官員與當地人短暫戀情的結晶？白黑配的結果形成了另外一個階級。身穿最華麗的衣裳，僕人如雲，這些混血兒靠奴隸買賣賺了大錢。他們忘記自己也有黑人血統，毫不猶豫賣掉兄弟姐妹或親戚。

這幾個法國人名激起了我們的懷舊情緒。塞內加爾和法國的過去，留存在這些街名裡，那是兩國人民的集體記憶。

瑪瑪都聳聳肩，對我說：

「法國人給我們留下的就只有街名。」

「法國留下的不只有這些，還有更具體的東西。」

一八五四年，菲德柏被拿破崙三世任命爲塞內加爾總督，往後十年的時間，他在這片殖民地留下有力的印記：聖路易到葛雷島的電報線、聖路易島和野蠻沙洲間的橋、再來是聖路易島和索爾區間的浮橋。菲德柏可說是個都市計劃家，他打造了聖路易，在城市周圍築了條大道，蓋了總督府、營房、印刷廠，再來鋪設連結聖路易和達卡的鐵路。一八九五年是聖路易的鼎盛時期，居住在聖路易的殖民地總督，統領了整個法屬西非。五百〇七公尺長的菲柏德橋於一八九七年興建，一九三一年經過整修，便成爲今日所見的橋。而普洛梅修士在聖路易設立了非洲第一所法國學校，校舍目前還存在。

我們接下來走過一百五十年歷史的醫院。我心中激動莫名，爬上幾階樓梯，推開厚重的木門，進到庭院。幾株木麻黃伸展於天際，彷佛宣告著希望，木槿花叢及其他五顏六色的花卉，讓病人的臉色看起來沒那麼悲傷。我慢慢走過顏色已斑駁的赭紅色迴廊。

憂鬱襲捲而來，瑪瑪都跟在我身後，離我幾步之遙，沒來打擾我的思緒。在走廊轉角，我在一扇門前停下。上頭放著五十年來沒換過的「婦產科護士長」牌子，字母糾結在一起，像是小學生的筆跡。這裡就是五十年前，我母親第一次幫黑人接生的地方。聖路易人在軍醫所主持的這家醫院，和白人的醫學有了接觸。

現在醫院看來冷冷清清，幾個病人聚在樹蔭下聊天，時光彷彿凝結。醫院裡的擔架幾十年來都沒更換過，從手術房運送過數千位病人到各自的房間。藥房的櫃子上排著幾盒藥品，包裝因歲月而泛黃。

現今的塞內加爾人又轉而求助大隱士，靠各種咒語、藥方來解決個人健康、生命安危、事業成就和社會地位問題。塞內加爾境內從北到南的精神病院都接納了傳統治療

我慢慢走過顏色已斑駁的赭紅色迴廊。

醫院看起來冷冷清清，擔架都有超過六十年的歷史。

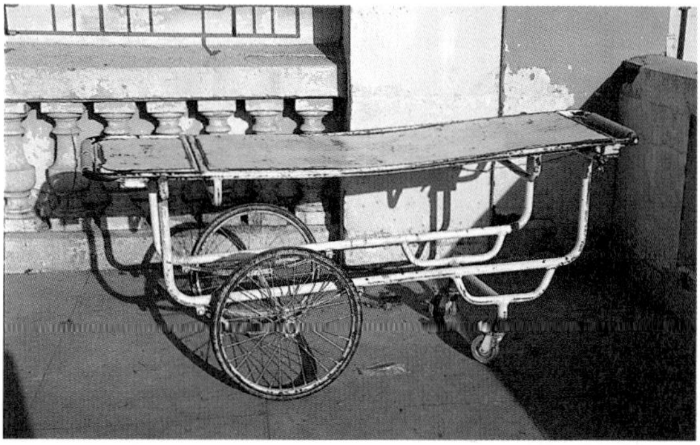

方式，巫師、乩童公開和醫療單位合作，作法醫治病人。而在鄉間，每年都有招雨驅旱儀式。一般來說，塞內加爾人一碰上重大問題，就仰賴傳統習俗。生病了？何不召來大隱士作作法，獻上祭品？

只要相信就對了！

法國殖民時代所留下的一切，聖路易人怎麼處置？醫院、美侖美奐的宅邸、石板路、港口碼頭、以及反覆灌輸的衛生教育？

醫院冷冷清清，美侖美奐的宅邸已荒廢，街上覆蓋著哈馬旦風帶來的沙塵，碼頭上不再有宣告商船或戰艦入港的鐘聲迴盪。曾經，鐘聲一響，一些人便匆匆跑到碼頭，其他人則一副事不關己的模樣，繼續手頭的工作。城裡萬頭鑽動，喧嘩熱鬧。不過現在的聖路易陷入沉睡，一天天慢慢死去。

聖修伯里與《小王子》

瑪瑪都微笑聆聽我沉默的心聲，他猜測出我的想法，我們之間已有朋友的默契。他對我說：

「來，我帶你去一個地方。當我還小的時候，每天晚上會到那裡做幾個小時美夢。」

我笑了，他也是來找尋回憶。也許我會在那裡找到我的過去。他說的地方是個俯瞰海洋的岬角，景致如畫。現在是下午五點，太陽正要西落，餘暉四射。整片天空籠上均勻的霧靄，即使月光都穿不透。景色是淡淡的粉彩色。淡茶色、赭紅色澤，隨著太陽慢慢落入海裡而逐漸合而為一。我們不發一

荒廢的美麗宅邸，街上覆蓋著哈馬旦風帶來的沙塵。

我以為在沙丘上看見了所尋找的「小王子」，可是一陣狂風讓我閉上眼睛……

言，沉入各自的夢境。瑪瑪都的美夢是什麼呢？我的夢，就是我來塞內加爾找尋的東西。

天空因霧靄而黯淡下來，哈馬旦風帶來茅利塔尼亞的赭紅沙塵，讓天空更顯陰暗。我在一塊岩石上坐下，目光搜索著地平線那端，好像施了魔法似的，眼前所見又回復繽紛色彩。近在咫尺、一望無際的沙漠似乎在召喚著我。我沒見到尋找的東西，所以往天空看，試著找出《小王子》書中，聖修伯里所畫的行星，我也許找得到？我瞧著一顆又一顆星星，全部的星星，嗯，也許不是全部，其中大部份吧，因爲那些星星數量實在太多。由北方大漠吹來的哈馬旦風似乎滿載了回憶，突然間，我在起伏的沙丘間似乎看到我所尋找的——小王子。可是一陣狂風讓我閉上眼，我聽到狐狸對我說：

「只有用心，才能看清楚，重要的東西，眼睛並看不見——」

不過當我再度張開雙眼，一切都轉爲悲劇，美好的一切粉碎了，現實消滅了我孩提時代的單純想法。書中，小王子第一次談到光陰流逝時說到：「這一晚，就滿一年了。我的行星就位在我去年墜落的地方上空。」我想到，五十年以前，我的行星將我帶到這個地方。

一九三四年，父親在塞內加爾與聖修伯里結識，那是兩人共同的朋友所辦的一場烤羊大會。那時在塞內加爾居住的法國人還不多，娛樂少之又少。這樣的烤羊肉大會（羊肉被串起以小火慢烤），讓初來乍到的人可以認識大家，交交朋友。客人們手捧香檳，圍成幾個小圈子聊天，主要是高談闊論些殖民地政治問題。這是軍人最愛的話題，而「平民」們，也就是只在殖民地短暫居留的那些人，試著插入軍人圈子，加入大家的談話。

聖修伯里先是聆聽，接著開口說了一些話，最後變成他一個人滔滔不絕。聖修伯里來到達卡才不過幾天光陰，宴會上大家一看到他大駕光臨，便微笑著竊竊私語：「今晚來了個上帝的使者。」

「聖修伯里最教人討厭的一點是，他每次發表言論時總是充滿自信，態度斬釘截鐵，如果他說一個人有罪，那人就算是清白的，也會認爲自己有罪吧。」我父親對大家說。

房間裡爆出笑聲，不過聖修伯里泰然自若，更加起

男人一身白西裝，女人頭戴帽子，在棕櫚樹下參加社交集會。

勁地大發議論，訴說他對友誼、人類價值、人類平等的觀點。最後我父親再次介入談話，告訴他，今晚可不是辯論會或是法庭開庭，大家不是來這裡開會的。

「非洲的每個人都是人道主義者。每個人都各有所長。軍官負責擴張殖民地、發現和管理新土地。像你和摩茲這樣的人呢，負責技術上的發展，開展兩地間的航線。而今晚呢，對大家來說，是及時行樂的時刻！」

房間裡又爆出笑聲。不過聖修伯里的熱情可說情有可原。對他來說，除了在天空翱遊，飛翔於雲朵之上，沒有其他更美好的事了。這些翱翔天際的先鋒，實現了伊卡洛斯【註3】的夢想。不過他們就像這個傳說中的人物一樣，因為不斷挑戰極限，最後雙翼都被融化。（饒有興味的是，聖修伯里在生前的綽號是「使者」，摩茲在死後有個別名叫「大天使」，好個象徵！）

聖修伯里宣揚的人道主義，在宴會中常讓大家渾身不自在。也許他自認為有訊息要傳遞，告訴大家世界上所存在的不平等（經過五十年，甚至還有更多的不平等！）。也許是過於熱衷人道主義，讓他隨時都要宣揚理念，而他也準備好為某個崇高的理由，犧牲自己和同伴的生命。他在《夜間飛行》（*Vol de nuit*）書中抒發了自己的想法。他自己的感覺和情緒，全藉由書中主角來表現。他想到墜機，想到主角的死亡，想到主角的妻子將會如何六神無主。可是男性情誼、同志精神超越了私人感情。他明白人類生命無價，不過由他的行爲看來，似乎還有比生命更重要的事——那是什麼呢？

「小聖，世界改變了，我們都是贏家！航空領域也已大幅進展。別再反覆追憶你爲航空郵運所做過的事，你替航空郵運開疆闢土，現在該想想替人類做些什麼了。別再作夢，接受新的觀念，比如飛機將能帶人類到處去旅行。由你的雲端走下，回到地面。你的腦子能不能休息一下？」

「對我來說，再也沒有冒險、夢想、期待和發現。對我來說，飛行和寫作都是相同的事。十二歲那年，第一次搭飛機那晚，我寫了一首和飛行有關的詩，交給法文老師。那是好久以前的事了。要是航空領域能繼續發展，有一天，飛機將能像汽車一樣載送客人！」

「有一天一定會實現的。」

聖修伯里是個孤獨的人，他喜歡駕機在空中飛行，喜歡在荒僻的沙漠寫作。只要他到聖路易或達卡來，父親和他的朋友總要聽他滔滔不絕——改造世界的慾望、宣揚人道主義的訊息。父親老是對他說「即時行樂」。在選擇了孤獨的工作後，他如何能夠一方面緬懷童年時代的貴族生活、咀嚼那些甜美的回憶，一方面又鼓吹人道主義？他究竟是大孩子或是小大人？

他也稱不上有騎士風度。當時他已結婚三年，卻不重視妻子，從沒談過她的事。我不是要質疑他的文學作品，只是，詩人飛行員為航空界帶來的建樹，是不是給他的文學作品加上太多光環？他的作品眞有流傳千古的文學價值嗎？或者只是曇花一現的熱潮？昔人已遠。這位孤獨的男人，以寂寞為伴，用文字表達對飛行的熱愛、飛行員之間的男性情誼。而他書裡的所有內容，也就是承認人類價值高於家庭價值。《小王子》的確是舉世知名的作品，這幾年來尤其暢銷全球。也許這是對飛行先驅表達謝意的方式？

塞內加爾河流域

我夢想沿著塞內加爾河往上游去。迷戀河流的我，想要借助瑪瑪都這位「非洲朋友」來認識塞內加爾河流域。

塞內加爾河為這個原本該是乾燥、荒涼的地區帶來生機。像是同在非洲土地上的尼羅河一樣，它為這個雨量稀少的地區帶來奇蹟般的景觀。彷彿上天賜予的禮物，來自幾內亞的雨水大量流入河中，讓許許多多農夫得以討生活。也和尼羅河一樣，人人焦慮地引頸等待塞內加爾河水位的上漲。河水氾濫，流經方圓十五到二十公里之處，讓整個河谷的土地變得肥沃。荒地轉爲湖泊，露出的土地恰似一個個小島，幾棵樹爲這片水鄉澤國帶來一點景致的變化。氾濫平息，河水退去後，留下濃淡赭紅色澤所構成的單調景色。

幾天後處處便是一片綠意，由最濃到最淡，各式各樣的綠，點綴著姹紫嫣紅、因露水而閃閃發亮的花朵。各個村落都熱鬧非凡，水位減退後，十一月開始耕作，高粱種子被撒下。

河流和海在聖路易匯流，在哈馬旦風吹來的沙塵裡。

瑪瑪都和我身在蘆索(Rosso)——塞內加爾和茅利塔尼亞間最重要的邊境城市。我們人在河邊的「瓦洛客棧」。

一半是河一半是窪地的塞內加爾河，水流是如此地緩慢、混濁，讓我不禁要懷疑河水是不是靜止了，不急著流入大海。我們瞧著沙洲上的水流，一邊喝下保

證百分百化學成份的果汁。我想著在此停留的日子裡，如果只啃餅乾不隨便吃其它東西的話，大概可以倖存下來，不怕任何病菌的侵害——要活下去，就得多灌些水，並忍受三十五度的高溫。

「你眼前就是非洲，」瑪瑪都對我說，「整個非洲的縮影。」

由客棧陽台往下望，靠著瑪瑪都的解說，我確實能分辨出不同的種族。啊，好一場視覺饗宴。各邊約二百公尺長的三角形泥地下方，在船隻停靠的浮橋和貨艙之間，各個種族交錯而過。薩雷爾人(Serer)，他們既是回教徒又是泛靈論者；衣衫襤褸卻高貴的珀爾人，將手帕繫在脖子上，就像牛仔一樣，因為他們也在西邊塵土飛揚又乾燥的大草原趕牲口；沃洛夫人，人數最多的一支，當中又分為貴族、農夫、賤民或是正在尋找魚乾的俘虜。擅長捕魚的土庫樂人(Toucouleurs)將魚獲賣給沃洛夫人。戴著頭巾的摩爾人(Maures)和土沃勒人(Touaregs)，現在已和平相處，以荒謬的天價向觀光客兜售銀飾品。另外，還有女人，關於這個嘛，我有幾句話要說：

衣索比亞人的臉孔也許最美麗最高貴，馬利人有最修長的腿和又翹又高的窄臀。不過塞內加爾人的步行姿態沒人比得上，她們的動作靈活到讓人覺得有些不安，個個都像隨時會撲上來的黑豹似的。走在街上，就像目睹一場絕色女人的舞台秀，那自然的步伐連模特兒都望塵莫及，人人穿著色彩鮮豔的衣裳，即便是當中衣著最襤褸的幾位，也像公主一樣。

塞內加爾河是如此神奇，它提供的景象如此惑人，就像以大銀幕放映的高彩度節目，而所有動作都以慢動作拍攝。幾艘船屋在後頭拖了較小的船，馬達規律地嗡嗡作響。幾艘張著大旗的普通船屋，隨著風和水流擺動。

要到茅利塔尼亞得在蘆索渡河，這裡夏天的氣溫可高達攝氏四十五度，水份蒸發強烈，水量大大遞減，河床露出，頓成沙地、小湖、沼澤交織的景況。

河川在某些地方的深度不超過半公尺，低淺的灰色水流因習習熱浪而蒸騰、混沌。在河水較清澈的地方，眼睛大如銅鈴的小孩們在水裡行走，袒胸露乳的年輕女人花好幾個小時沐浴，或是不停地洗衣服。居住在塞內加爾河域的小孩和女人，可說像兩棲動物一樣地過生活。酷熱的天氣讓我疲累不堪，奎寧（Quinine，一種預防瘧疾的藥）的藥效讓我頭昏腦脹，我也好想跳進渾濁的河水裡啊，它看來那樣誘人，不過怕就怕在裡頭染上所有非洲可怕的傳染病。

男人和少年們在河中釣魚，一個人撐篙前進，另一個人撒下魚網啦，擲出魚叉啦，或是拉網上船。有些船隻豎著棉製或草編的風帆，不過行進的速度不比人力撐篙的船快多少。

許多漁夫不住村裡，而是以舟爲家。男人在船尾操船，女人窩在船中央的火盆邊煮菜，孩子們就待在草棚下。

註1哈馬旦風（Harmattan）：每年十一月中旬至元月底，撒哈拉沙漠之風暴往南吹，風沙滿天，猶似大霧，白天行車亦須開燈，當地人稱爲「哈馬旦」，即「沙暴」之意。

註2梅度莎木筏（Radeau de la Méduse）：法國畫家傑里柯根據一個歷史事件構思而成的畫作。一艘名爲梅度莎的軍艦在非洲沿岸碰上暗礁沉沒，艦上來不及乘救生艇逃生的一百四十九人編了木筏在海上漂流，僅十五人得救。

註3伊卡洛斯（Icare）：希臘神話中，伊卡洛斯與父親用羽毛和蠟製造的雙翼飛行，飛近太陽的時候，蠟遇熱融化，伊卡洛斯墜地而死。

第七章 淘金之地

克都鼓的淘金潮

假如不到幾內亞去，我想回到童年源頭的慾望就得不到滿足，不過非常不幸，那裡政局動盪，游擊戰不斷，各種族間不時打打殺殺，讓我打退堂鼓。加上法國領事館強力勸阻我。所以我決定到離幾內亞只有三十公里遠的克都鼓（Kédougou）。

瑪瑪都和我搭飛機離開達卡，在塔巴庫達換乘塞內加爾國際航空班機，最後到達克都鼓。

根據傳聞，在塞內加爾南部靠馬利和幾內亞的邊境有金礦開採。我想到一句法國諺語：「無風不起浪」，我想證實這些傳聞是否真有其事。

我到克都鼓的警察局打聽，是否有可能拜訪某個淘金地點。我得到的答案是不可能。他們說，主持淘金的跨國企業對工人的對待並不人道，所以淘金區是禁地。代表法律秩序的警察竟然這麼說，讓我對他的話心存懷疑。他好歹是公務人員哪，竟然接受自己的同胞被跨國企業奴役？我倒是聽說這些企業連自己的員工也保護不了，更甭說參觀者了。在我看來，這個原因較具可能性，獨派份子覬覦著這個地區，認爲這些礦產是不可忽視的收入來源。我還聽說，這些跨國企業假裝探勘礦產，實際上是拼命挖礦，利用近在咫尺的甘比亞共和國出口黃金，大大撈上一筆。反正天高皇帝遠，塞內加爾政府的勢力進不了這個地區。

這些傳言讓我興奮極了！我一定要去見這些淘金人。我就像一個準備尋寶的探險家，研究著標有礦區的地圖。我決定到馬戈（Mako）附近的可內康戈（Kéréconko）。馬戈是個小村落，要到科巴國家公園和甘比亞河，非經過它不可。不過我來河裡找的可不是河馬，而是黃澄澄的金屬——打從十五世紀以來，航海家來勘察河口，帶回黃金和奴隸以後，這些黃澄澄的金屬就讓人互相殘殺。接下來法國人和英國人也被傳說中的黃金吸引，來到內陸。不過在那個時代，捕抓奴隸來賺錢還比較省時呢，犯不著去尋找傳說中的黃金，讓人沖昏頭的黃金。

我們由馬戈出發往上游去，到達山上的一個小村子。這個地勢高低起伏、山谷林木茂密的區域，盛產桃花心木(acajou)——可供高級木工使用的淡紅色原木；木棉樹(kapokier)——十九世紀的歐洲人使用它的莢果絨毛來塡充枕頭或床墊；還有腰果樹(anacardier)；乳油木(karité)的果仁則可用來提煉油脂；吉貝樹，它的樹皮相當華美；樹頭櫚(palmier rônier)，它的汁液經過發酵後便成了椰子酒，它在枯死前能生產三百升汁液。

路的盡頭便是村子。我當然是小村子裡的唯一的白人，馬上招來注目。沒有親切的歡迎，只是好奇。「先生！禮物！先生！禮物！」一聲聲的請求不斷，見我相應不理，好奇心轉爲敵意。

一大群孩子要東要西的，錢啊，筆啊，T恤等等。瑪瑪都兇了他們一頓，想趕走他們。一點用也沒有。接著一個男人來見我們，他大概是村裡的長老，和瑪瑪都嘰哩呱拉了好一會。我必須付錢才能進入採礦區，一筆參觀費。價錢嘛，因人而異。我沒討價還價就付了錢，我走了這麼一大段路，可不想被拒於門外。他一看到我掛在胸前的照相機，直接了當表示禁止拍照。爲了避免衝突，我乖乖把相機收進背包。這下我只有憑我的雙眼了。

我看到幾個正當花樣年華的女人，把孩子背在背上，就像背個背包似那般輕鬆。她們雙手忙著去接一個又一個從地底冒出的籃子。接著我看到一隻手，緊接另一隻手從地底冒出，兩手都滿佈泥濘，最後是一張臉，孩子的臉。

「從地上冒出來的孩子在做什麼？」

「找金子。」

「金子？」

我看見孩子一個個從地下冒出頭，就像從土中鑽出的蚯蚓。其中一些孩子還沒滿十四、十五歲，頭上綁著手電筒。他們溜進直徑頂多五十公分、正好可以讓他們鑽過的狹窄坑道。十五到二十公尺長的垂直坑道，還連結著五、六公尺長的幾個水平坑道。孩子們辛辛苦苦爬下坑，傳遞著裝了泥漿的籃子，一冒出地面的時候，就像憋氣潛水後那樣大口喘氣。

一一過濾泥漿，有時會有金子的痕跡，通常沒什麼特別的。不過誰也料不定，一小塊金子就夠一位塞內加爾人逍遙好幾年！

對正值青春年華的這些人來說，儘管是個殘酷的工作，卻充滿希望！

看著一張張疲倦、烏青斑斑、沾著泥漿的臉蛋，我想到攝影師薩爾加多(Sebastio Salgado)鏡頭下的那些巴西淘金工人。即使二個地方相隔數千公里，那悲痛和逆來順受的神情，毫無二致。我預期看到淘金工人被不人道地剝削、對待，可是這裡沒有壓榨，沒有剝削，只見工人的自我奴役，自我剝削。

「不該禁止淘金嗎？」

「對，非洲有很多事都該禁止，首要之務就是禁止貧窮的存在！讓這些人去淘金的原因，就是貧窮。他們全是鄉下人，趁著農閒帶著妻兒，全家大小來到這裡，心底期望發筆大財。」

「非洲也迷黃金？」

「對，就像許多國家一樣。不過對黃金的迷戀，並非來自於我們的文化。傳統非洲社會不覺得黃金有多少價值。在一些地方，黃金量多又唾手可得，非洲人沒想過要使用黃金。我們偏愛用木頭來造面具或神像。你也看到了，我在杜樂麗花園可沒賣黃金面具！哈哈！」他大笑。

「非洲人不是喜歡閃閃發亮的東西？」

「沒錯，可是閃閃發亮的不見得是金子！的確可以看到生意人或政治人物戴著粗大的金鍊子、金錶——就算不是黃金，至少也是鑲金的！」

「這些黃金值得孩子們去冒生命危險？做著賺大錢的美夢？期待有一天能戴上貨眞價實的金鍊子？」

「二個世紀前，鍊子是鐵做的，戴鍊子的是奴隸。現在呢，戴金鍊子的是奴役他人的人，這些金鍊子是現代奴隸制度的印記。出於經濟需要，多數人被少數人犧牲，奴隸制度從未消滅。在第三世界國家，人和人之間還是互相剝削。」

聽瑪瑪都說話的時候，我看著籃子一個又一個被傳到女人們手上。她們背上背著孩子，將稀釋過的泥漿倒

進葫蘆裡，轉動葫蘆。黃金比泥漿重，不管是片狀、粉狀，或是這裡少見的塊狀金子，都會留在底部，泥漿會因離心力被拋出。

淘出的金片馬上被賣給在一旁靜靜等候的批發商，他們付的錢比一般行情少，甚至少得不像樣，値得爲這點錢賣命嗎？不過淘金工人夠開心了，他們還能期待什麼呢？

我不發一語，心裡慶幸自己誕生在生活無虞的那個世界。瑪瑪都臉色凝重，說道：

「爲什麼黑人總得替人做牛做馬？」

和幾百年前一樣的房子，一樣的動作。

媒體談論這個話題時常有所顧忌，只是不得不承認，種族的差異讓人生而不平等。非洲各國政府老愛提起最早的文明源自非洲這塊土地，再傳播到地球其他地方。我們不得不忖度，這個文明何以還沒點燃就告熄滅？

爲什麼中國是許多科學技術的發源地，讓人類文明得以突飛猛進？五千年前，當歐洲還是一片蠻荒時，爲什麼埃及已經文明鼎盛？非洲國家在六〇年代已告獨立，然而，在國際組織每年好幾億的金錢資助下，爲什麼經濟依舊毫無起色？獨立了四十年，非洲國家還在摸索學習。

提出質疑再重要不過。質疑代表著有所意識，也就是尋求解決方法。

第八章　我所知道的史懷哲

教堂裡的白人教士

我離開淘金地，揮別命運悲慘的礦工，前往五十公里外的克都鼓機場。我茫然凝望著前方，目光停在遠方的一個十字架鐘樓上。這一景象打斷我的沉思，我對瑪瑪都說：

「那是教堂？」

「對，應該是。」

「我們到那邊休息一下。」

幾分鐘後，我們的車停在洋槐樹蔭下，走下車子。

「你想做什麼？」瑪瑪都問我。

「這裡如果是教堂，就會有教士。」

瑪瑪都皺起眉頭，心裡想必在說，這個「土巴布」又熱昏了頭。得讓他戴上遮陽帽罷，好避免他不時突發奇想。爲什麼得馬上去見教士呢？

「你還好嗎？」他問我，想確定一下。

「瑪瑪都，我好得很，我只是好奇，不是突然想去告解。你放心。我只是有點累，因爲酷熱或是奎寧的關係吧，要不然就是淘金工人那一幕讓我很不舒服。」

即使戴著太陽眼鏡，教堂的石灰白牆在陽光下還是那麼刺眼，讓我不由得閉上眼睛。我推開沉重的木門，訝異地發現裡頭十分涼爽。大殿盡頭有一扇彩繪玻璃，七彩的光線反射在祭壇上。祭壇前有幾張凳子，祭壇後面掛著鐵鑄的耶穌像。

這個地方看來簡陋，可是沒有被上帝遺忘，一位老人朝我走來，一位傳教士，一位白人，白髮白鬍子的男人，就像殖民地時代出版的書裡會見到的人物一樣。

「你好，有什麼事嗎？」他問。

他的問題讓我吃了一驚，我純粹是出於好奇心才來到這裡。他應該也很驚訝吧，竟然會有一位同胞來到這個偏遠的地方。

「在這個地方看到一座教堂，不由得讓我想一探究竟。」

「上帝無所不在，即使是在最意料不到的地方。」

「當然囉，不然就稱不上是上帝了。」

我們開懷大笑。有人來訪畢竟能解個悶，他應該不常看見西方人，他鄉遇故知，我們開始閒聊起來。

「你來到這裡很久了嗎？」我問他。

「五十二年。」

「偶爾會回法國去嗎？」

「不會，現在再也不會。塞內加爾已經成爲我的祖國。」

他被巴黎福音教會組織派來非洲傳教。歲月如梭，治病和教學佔去他所有的時間，傳教反而成爲次要工作了。我心想，是怎麼樣的動機，促使這個男人來到這個截然不同的世界生活？

「每天都有要緊的事得馬上處理，還有日常工作。」他對我說。

話剛說完，就有一位修女來叫他，說是有急事。

「你瞧，我剛不是說過了？」他一邊說，一邊站起來，跟著修女離開。

看著這些修女照料病人，我想起另一個男人的故事。這個人也在非洲過了大半輩子：艾伯特・史懷哲（Albert Schweitzer）。一九三八到一九四一這三年期間，我的父親和史懷哲的生活曾有交集。他跟我講述過那些年發生的事，就像在軍事報告裡描述一場戰事一樣，他沒忽略任何細節，沒遺漏任何日期。

戰火中的婚禮

法國當時分為二個陣營：一邊是合法政府，另一個是流亡到倫敦的「解放法國」(La France Libre) 陣營。除了加彭，所有法屬殖民地都和「解放法國軍隊」站在同一陣線。不幸的是，我的父母親當時人在加彭，一九四〇年九月，父親受命帶領一隊步兵到倫巴蘭 (Lambaréné) 去。倫巴蘭是加彭的一座小城，後來的諾貝爾獎和平獎得主，史懷哲醫生所主持的醫院，就座落在此。

我母親當時有孕在身，可是她天不怕地不怕。她當時是助產士，任務便是到叢林裡幫黑人接生。淹沒在黑色汪洋中的白種女人，也是政治異議份子，她總大聲說出別人不敢說出的話。她和史懷哲顯然不和。一切都讓雙方對立，首先是來非洲的動機不同，再來是兩人差了三十五歲。我的母親當時二十八歲，擁有年輕人的熱情，和堅定不移的使命感，想幫助貧苦不幸的非洲人。而史懷哲呢，對醫學一點也不感興趣。

待產的她，依舊想善盡助產護理長的職責。一名非洲人芙拉維妮 (Flavienne)，擔任她的助手，在醫院的所有護士裡，她是看起來最聰明伶俐的一位。

整整一個月的時間，她勉強替婦產科恢復了一點組織和紀律，替幾位婦女接生，她們生下的孩子，情況都糟透了。她確信自己救了幾條性命——至少，她是這麼希望的。

一九四〇年十月初，叛軍佔領了蘭巴倫八十公里外的一個軍事站。史懷哲盡可能疏散醫院裡的非洲人。病人來治病時，會有一些家人陪同，家人們就住在醫院旁的陋屋裡，帶來糧食啦，或飼養的家禽。他們陪在病人身邊，給予精神的支持。

我母親在軍事醫院生下一名女嬰（有一位軍醫協助。但軍醫當然毫無經驗，在軍隊裡可沒機會接生！）醫院外戰事如火如荼，儘管醫院門窗前都架起一支支鐵管，牆上也畫了紅十字，子彈還是不時咻咻飛入。

我父親則必須留在崗位上。白天上山容易受到敵人攻擊，他只有晚上才能來看我姐姐。父母親當時還沒「正式結婚」，在那個時代，「未婚媽媽」可是會被冠上「敗德女

母親和史懷哲共事的一年當中，唯一保有的美好回憶是她和芙拉維妮的友誼，她當過我姐姐兩年的保姆。

子」的標籤。所以他們舉行了婚禮——好一場古怪的婚禮——新郎官被困在某個軍事據點，新娘卻在醫院裡！指派了二名證人後，我父親派出一個聯絡員，冒著生命危險帶結婚登記書到各處給每個人簽名。

「好醫生」史懷哲？

六十五歲的史懷哲，沒替人接過生，也沒動過任何棘手的手術。自由城（Libreville)裡的人都知道，他每天不過替幾個篩選出來的年輕黑人包紮一下傷口，好打聽新來了哪些病人！眾所皆知，他從醫純粹是偶然。二十九歲那年，他得知巴黎福音傳教會正在尋覓到加彭義診的醫生。他辭掉讓他意興闌珊的神學院院長一職，開始學醫。他的耐心獲得回報，八年以後，就獲得了「醫學博士」。當時已經三十六歲的他，來到加彭，和非洲人生活在一起。他在福音會的保護和資金協助下，在蘭巴倫建了醫院村。

聽到加彭人稱呼史懷哲爲「好醫生」，法國僑民會微笑以對。加彭人在史懷哲的醫院可以找到護士來治療病痛、聆聽抱怨。他們依靠的對象並不是史懷哲。「好醫生」只是個稱謂。史懷哲有時搞搞宗教，有時搞搞音樂，但幾乎不曾傾力於醫學研究。他鄙視非洲人。他從不說「非洲人」而是用「土著」相稱。他感覺自己治病的對象是「次一等的民族」，彷彿他是來非洲執行人類學任務。

大家也都知道，「史懷哲的服務」實際上如何，也就是他壓根沒有行醫經驗。打著福音教會的旗幟，他參加一場又一場演講，一場又一場音樂會（他演奏管風琴），好替「他的醫院村」募款。不過自從醫院村成立以後，根本不曾在裡頭見過他的身影！他唯一寫過的書都以音樂或神學爲主題，從來沒有一本醫學著作。

戰後的記者得找個「英雄」，講段可歌可泣的故事，好讓大家忘記戰爭。史懷哲給記者們的印象是：既有文化素養，又是冒險家、邊緣人、單身漢，常參加會議所以習慣和媒體應對，和記者群眾接觸、打交道。

他重頭學醫，好到加彭行醫的動機至今不明。但絕對不像一些歷史學家所認爲那樣，是出於神召，因爲他根本無能管理蘭巴倫的醫院村。他大部份的時間都花在神學、哲學研究，而不是行醫。但行醫不是醫生的首要任務嗎？

媒體利用當時的文學作品、電台、電影（可參見漫畫《丁丁非洲冒險記》）塑造出史懷哲這個完美的英雄——住在非洲原始森林裡的白人，擁有數張文憑、學問淵博，具有人道和環保思想，不斷宣導原子能的禍害。如此拼湊而出的這一號人物和事實其實頗有出入。

媒體替大眾塑造了一位英雄，介紹他是「新教派的好醫生，在非洲殖民地照顧當地人」。就像從古到今的英雄一樣，他接受了眾人的喝采。牛津大學、芝加哥大學、蘇黎士大學頒給他榮譽博士學位，他獲選過政治與道德學院院士，甚至在一九五三年獲得諾貝爾和平獎，卻從沒得到醫學界的任何認可。

爲什麼醫學界不曾給予他任何認可？

一九五〇年代，到蘭巴倫的記者見識到史懷哲醫院慘不忍睹的衛生狀況。史懷哲彆腳的醫學著作，對非洲人的種族歧視，對非洲文化、傳統的鄙視，以及醫院裡的衛生狀況，都招來嚴厲批評。報章雜誌上有過這段文字：

露天的水管將廢水排到醫院下方，那裡還堆著繃帶，來自病房、手術室的廢棄物，還有病人的排泄物。只有一台發電機供應手術房的用電。史懷哲創建了這座醫院村，住院的加彭人在和平常相同的生活環境裡養病，那麼，他為什麼要鄙視這些加彭人呢？

他對非洲人如此缺乏尊重，今日我們不禁要問他到非洲的動機何在，也許那根本就難以啓齒？

他出生的年代，離奴隸制被廢除還不滿三十年。當時得花費許多時間來改變非洲人的思想，奴隸制是被廢除了，不過非洲人已經習慣被奴役的心理並沒有改變。非洲人怎麼曉得如何面對這種改變呢？於是，他們的生活狀況和奴隸制被廢除之前沒有兩樣！

就這樣，非洲人的被奴役心理沒有改變，史懷哲樂在其中，享受對非洲人的支配權。他能在一九五三年得到諾貝爾和平獎委實是怪事一樁。諾貝爾獎隨隨便便就頒給了一個人格可疑的人，那全是媒體炒作的結果哪，機緣湊巧的結果。當時需要一個得獎人，就選了他！

現今的諾貝爾獎肯定不會頒給一個「史懷哲」。泰瑞莎修女在加爾各答的所作所爲，值得頒發一座諾貝爾獎嘉勉，她也在一九七九年獲得和平獎。一九五三年，在非洲有好幾百個「泰瑞莎修女」，她們本可以獲得獎勵，卻沒有被

也許有一天，非洲人會像翱翔在天際的紅鶴一般團結一致，讓下一代能期待更美好的未來。未來，就掌握在他們自己手中。

媒體報導的機會，她們繼續不為人知、無私無悔地幫助不幸的人。

歸途

傳教士回來了，打斷我的沉思。

「我跟你說過了，總有日常工作要做。」他對我說。

「我注意到了，當個傳教士，總有事情得煩心啊。」

「每天都是如此。」

我們又聊了一會，然後我和瑪瑪都告辭離開。

這位白人教士留給我無限感動。要稱讚這些服務他人的傳教士，有許多形容詞可用：博愛眾人、犧牲奉獻、寬宏大量、心地善良、親切仁慈——我想過，這個男人是基於哪種動機，能待在這個村落五十多年。我想我已經找到答案。所有的形容詞可歸結到一個字：人道精神（Humanité）。

我的旅行步入尾聲，幾小時後，我就會抵達機場，準備回法國。瑪瑪都送我到機場，只對我說了句：

「明年春天，在杜樂麗花園見。」

後記 出發

當今的世界面臨了轉捩點，我們將生活在多元文化的社會。我們早已生活在其中，只是未曾察覺。透過電視、網際網路和所有同樣完美的現代傳播工具，我們這才有所意識。從前，生活在中國的人不知道印度和歐洲所發生的事。現在，這已是不可能的狀況，全球化造就了一個世界村，事實已不可逆轉。要不互相憎恨，再爆發一次世界大戰，要不就試著認識、了解對方。大家都出身不同的文化、文明和宗教背景，要挑出對方的缺點來強化自身的意識型態？或是找出共同點？文明的衝擊和不同文化的接觸對大家都有裨益。

那些不是因人民的壓力所逼、或是因爲金錢援助國的要求，而能夠進行重大改革的男男女女，值得尊敬。

只要非洲還缺乏這樣的勇者，就會停滯不前。現在，只需要知道非洲是否存在著這種人。打從非洲國家獨立以來，我還未見過這樣的人。

我喜歡非洲的一切，不管是優點和缺點，因爲它是我童年記憶的一部份。可惜的是，童年所見的風景，當時的非洲人民，都只能從記憶裡追尋。留存下來的只有希望，對人道精神的信念，更確切的說，希望相信，非洲居民仍舊存有人道精神。

走了這麼一大圈後，再回到達卡機場，我心中彷彿有某事尚未完成的感覺，我忘了說什麼或是做什麼嗎？就在此刻，我看到了一對觀光客正在爲不滿二公斤的超重行李爭論。不過在非洲啥事都好解決，當機場職員向他們要護照時，一張十歐元的鈔票就夾在裡面。觀光客如釋重負地離開，職員口袋裡多了點錢，和以往日子相差無幾的新的一天會到來。「如阿拉的旨意」！

◆ 第117、119（圖一）、126（圖二）、130、132、136、138、141、162、163、174頁照片爲羅倫・熱雷(Laurent Gerrer)所攝，由塞內加爾聖路易旅遊局免費提供。
◆ 第11、37～69、149、170頁照片出自喬鹿家庭相本。
◆ 其餘照片爲喬鹿所攝。

塞內加爾聖路易旅遊局和遊客服務中心
Syndicat d'initiative et Office du Tourisme de Saint-Louis du Sénégal
電話：(224)961-24-55
傳眞：(224)961-19-02
電子郵件信箱：sltourisme@sentoo.sn
網址：http://www.saintlouisdusenegal.com

國家圖書館出版品預行編目資料

巴黎小販，達卡旅人 / 喬鹿（Louis Jonval）著. -
張穎綺翻譯. -- 初版. --
臺北市：大塊文化，2003 [民92]
面；　　　公分 --（喬鹿作品；03）

ISBN 986-7975-74-X（平裝）

876.6　　　　　　　　　92000671

LOCUS

LOCUS

LOCUS

LOCUS